異世界に射出された俺、『大地の力』で快適森暮らし始めます！ 3

著 らもえ

ill. コダケ

ISEKAI NI SHASHUTSU SARETA ORE, DAICHI NO CHIKARA DE KAITEKI MORI GURASHI HAJIMEMASU!

主な登場人物
MAIN CHARACTER
ミーシャ
双剣を操る、獣人の美少女冒険者。森で耕平と出会い、行動をともにする。
ヴェル
神樹の森で呪いから救ったグリフォンの幼獣。
ポポ
お調子者の森の妖精。上機嫌になると不思議な踊りをする。
ノーナ
人なつっこい家妖精。アホ毛で感情表現することがある。
杉《すぎ》浦《うら》耕《こう》平《へい》
唐突に異世界に飛ばされた平凡な高校生。お地蔵様から授かった『大地の力』で、様々な物を創りながら森暮らしをする。

サオル
竜王国で悪だくみを目論む邪神の眷属の一人。眷属内随一の戦闘能力を持つ。
ニヴァリス
王都の教会にいる聖女候補の少女。長い眠りから目覚めず、『眠り姫』と呼ばれている。
ガーベラ
男勝りな性格の竜王国の姫。大剣での戦いを得意とする。

第一話　クーデリア加入

夏の陽がかっと白く輝く中、俺――杉浦耕平《すぎうらこうへい》と仲間たちは、一緒に王国の飛龍《ひりゅう》の発着場に降り立った。係員たちが飛龍の背から慌ただしく荷物を降ろしている。

「ふぅ、帰ってきたな」

俺は抱っこ紐《ひも》を抱えてグッと伸びをした。

抱っこ紐の中にいるのは、希少種で淡《あわ》い黄色の毛並みが特徴のグリフォンの子供のヴェル。それから、金とも銀とも言えそうな不思議な色合いの鱗《うろこ》に覆われた天龍《てんりゅう》の赤ちゃんのアウラだ。二匹ともクリクリの目でこちらを見ながら、大人しくしている。

頭の上にはゴールデンアーススライムのルンがいて、その淡い金色のボディが日の光をキラリと反射していた。

「うむ。森の皆も変わりがないといいが」

獣人の少女のミーシャが、頭の上の猫耳をピコピコ動かしながら辺りを見回す。

「あい」

家妖精《いえようせい》の幼女のノーナが、ミーシャに同意するようにぴょこんと跳ねた。動きに合わせて、緑色のアホ毛が一緒に揺れる。

「コウヘイさん、この後はすぐに王都を発《た》つつもりですか？」

水色の髪をしたドワーフの少女・クーデリアが、首を傾げながら俺に尋ねてきた。

つい先日まで、俺たちはこの少女の依頼で、ドワーフの国の炉の修復を行っていた。

古代遺跡の最奥にある巨大な炉を俺の大地の力で直したところまではよかったのだが、その後宰相に化けていた邪神の眷属のガイシャリと戦う羽目に。だが、ミーシャたちの力も借りて、なんとか撃退に成功した。依頼を終えて、帰国する際に自ら同行を志願したのがクーデリアだった。

「いや、ここの公爵令嬢《こうしゃくれいじょう》に挨拶《あいさつ》してからだな」

「あい！」

クーデリアのアクアマリンのような瞳を見て俺が答えると、ノーナも元気よく手を挙げた。

令嬢姉妹に会えるのを楽しみにしているようだ。

姉妹とは、俺たちがドワーフ国を訪れる前に野盗《やとう》に襲われかけていたところを助けたくらいの関係性。だが、その後途中まで護衛として同行したことで、ノーナはすっかり妹のシルヴィアと仲良くなったみたいだな。彼女たちとは、ドワーフの国の用事が済んだら立ち寄る約束をしている。

「そういや公爵の家ってどこにあるんだろう？」

飛龍の発着場を出てから、公爵家がどこにあるのか知らなかった俺はふと気になって呟《つぶや》いた。

「うむ。ミーシャが知っているぞ。こっちだ」

だが、その疑問は瞬時に王都に明るいらしいミーシャの言葉で解決した。

俺たちは彼女の案内に従って、ぞろぞろと王都を歩いていく。

いざ公爵家に行くとなって、荷物を背負った旅装《りょそう》で失礼じゃないだろうかと思い、ミーシャに確認したが、彼女曰く、まぁ大丈夫だろうとのこと。

本当だろうか？　少し心配はあったが、ミーシャがそう言うならこのままお邪魔するとしよう。

大きな貴族の家が整然と並ぶ通りを少し歩くと、公爵家にたどり着いた。

貴族街の奥の方にある気品ある佇《たたず》まいの屋敷だ。

デカい。うちの森にある広場の何個分なんだろう？

俺は、入り口の門のそばにいた身なりのしっかりした門兵らしき者に取次《とりつぎ》を頼む。

門兵らは、荷物を背負ってぞろぞろ押しかけてきた俺たちを訝《いぶか》しく見ていたが、どうやら事前に来訪の話は通っていたらしい。そのますんなり門の中へと案内された。

立派な造りの門を開けてもらうと、目の前にはよく手入れされた優雅《ゆうが》な庭園が広がっていた。

俺たちは、その真ん中に敷かれた石畳《いしだたみ》の上を歩き、屋敷へ向かった。

これ、本来は馬車かなんかで通るような道だな。

キョロキョロと庭園を見回しながらしばらく進むと、玄関の前に着いた。馬車が何台も停められそうな程広い。屋敷の建物は白く立派で、歴史と格式の高さを感じさせる。柱や彫刻《ちょうこく》には豪奢《ごうしゃ》な装飾が施《ほどこ》され、気品の高さが窺《うかが》えた。

ミーシャがドアノッカーの輪っかに手をかけ扉を叩《たた》くと、中から執事《しつじ》のような人が出てきた。

「ようこそおいでくださいました。マルスタイン家執事長のセバスと言います」

ザ・執事という出で立ちの初老の男性が一礼して名乗ってから、俺たちを屋敷内に迎え入れた。

玄関ホールは大理石が使われていてきらびやかだった。高い天井には精巧《せいこう》な装飾が施されていて、壁には肖像画《しょうぞうが》や絵画が掛けられていた。どこを見ても、まるで美術館のような品格が漂っていた。

「それでは、お嬢様たちを呼んでまいりますので、少々こちらでお待ちくださいませ」

セバスと名乗る男は、それだけ言ってどこかへ行ってしまった。

しばらく玄関ホールで待っていると、令嬢姉妹がやってきた。

金髪碧眼《きんぱつへきがん》のよく似た姉妹で、綺麗《きれい》なドレス姿だ。

「お久しぶりでございますわ、皆様方。おや？　そちらの女性ははじめましてですね。シャイナ＝マルスタインといいます」

俺たちの顔をひと通り見てから、彼女はクーデリアに向けて、服の裾《すそ》を持ち上げてお辞儀《じぎ》した。

「いもうとの、しるゔぃあ＝まるすたいんです」

背の低いシルヴィアも同じように挨拶する。

「丁寧な挨拶どうも。ボクはクーデリア＝ウルフガンツと言います。長いのでクーとでも呼んでください。あの時は違う馬車に乗っていたので、たしかに会うのは今回が初めてですね」

そこまで言ってから、クーデリアは心臓の辺りに右手の拳《こぶし》を当てて、右足を一歩引いた。

それを見て、シャイナが顔を綻《ほころ》ばせた。

「まぁ！　クーさんはドワーフの方なのですね？　この挨拶はラムゼス式と言って、ドワーフの方々独自の挨拶の仕方ですわ」

どこか興奮気味のシャイナ。なんでも書物で読んだことはあったが、実際に目にするのは初めてだったらしい。珍しいものが見られたからなのか、どこか嬉しそうだ。

そのままシャイナたちに案内されて、俺たちは豪奢な応接室にやってきた。

室内には華やかな調度品が所狭しと並んでいた。カーテンやステンドグラスも美しく、差し込む光がまるで踊っているかのようだった。

セバスが俺たちの前にティーカップとお茶菓子を並べていくが、それらも上等なものだった。

深く沈み込む優美《ゆうび》なソファに、俺は深く体を沈み込ませる。ミーシャとクーデリア、ノーナも並んで腰を掛け、ストーンゴーレムのツヴァイとドライは俺たちの背後に立った。

俺はさっそく、シャイナたちと出会った時の話を切り出したが、二人の様子を窺う限り、あの時の襲撃のトラウマはなさそうに見えた。俺は一安心した。

「それで、先程から少し気になっていたのですが、コウヘイ様が抱えている子は何ですの？　ヴェル以外に一匹増えたように見えるのですが」

姉のシャイナが、俺の抱っこ紐を指さしながら言った。

「はい、こちらは天龍の赤ちゃんです」

「キュアッ♪」

自分のことが呼ばれたと思ったアウラが身を捩《よじ》り、抱っこ紐の中から顔を覗かせた。

つぶらな金色の瞳を輝かせながら鳴くと、シャイナが驚いた声を上げる。

「まぁ！　可愛らしい。シルヴィも見せてもらいなさい」

「はい、ねえさま」

俺がアウラとヴェルを抱っこ紐からテーブルに出すと、シルヴィアは手を叩いて喜んだ。

シルヴィアがアウラを撫でているのを微笑ましく眺めていたら、シャイナが口を開く。

「みなさんドワーフの国はいかがでしたの？　わたくし、他のお国のことに興味がありますの！」

「はい、しるゔぃも、おききしたいです」

シャイナたちが、旅の話をせがんできた。二人とも青い目を輝かせて、興味津々な様子だ。

「あい！」

隣に座っていたノーナが、俺の袖《そで》をくいくいと引っ張った。俺に話せってことか？

ノーナに促されるまま、俺はドワーフの国での出来事をゆっくり話し始める。

「それじゃあ、まずは飛龍でドワーフの国に向かったところから話しましょうか。倉庫程の巨体を持つ飛龍に乗っていったんですが……」

少しずつ思い出しながら、俺は旅の話を姉妹に聞かせる。ところどころでミーシャやクーデリアが横から注釈《ちゅうしゃく》を入れてくれた。

そして話は盛り上がり、巨大炉《きょだいろ》でのゴーレムとの戦闘の内容になる。

「……それで！　その大量のゴーレムたちをどうやって倒したんですの？」

シャイナが幾分《いくぶん》か興奮した面持《おもも》ちで聞いてきた。

「それは、このスライムのルンが活躍しまして。なぁ？　ルン」

ルンが俺の頭の上からテーブルに飛び降りると、ミョンミョンと上下運動した。

えっへん！　って意味だろうか？

それからルンが、ポンポンといきなり分裂《ぶんれつ》を始めた。

「まぁ！」

シャイナが驚いた様子で、両手を口に当てた。

「このように分裂して、足りない手を補ってくれたのです」

俺は分裂した一体に茶菓子を与えながら言った。

ルンの分裂体がシュワシュワと茶菓子を溶かして、プルプルと震える。

「コウヘイ様はテイマーでもあるのでしたね」

「ていまー、うらやましいです」

シャイナたちが微笑みながら言うと、ノーナがシルヴィアの羨《うら》ましそうにしている様子を見て、ポーチの中をゴソゴソし出した。このポーチは、ドワーフの国でミーシャが買い与えていたものだ。

「あい！　シルヴィちゃんにこれをあげるます！」

ノーナが取り出したのは、古代遺跡で倒したゴーレムからドロップしたレアアイテム。ゴーレムコアだった。鈍色《にびいろ》に輝く手のひら大の球だ。

「？　のーなちゃん、ありがとう？」

頭に疑問符を浮かべながら、シルヴィアがゴーレムコアを小さな手で受け取る。

俺はそれを指さしながら、説明を補足する。

「これはゴーレムのコアですね。錬金術《れんきんじゅつ》を極めると、ゴーレムを作り出せるようになりますよ。テイマーに憧れているシルヴィア様のためにノーナがくれるみたいです」

丸い物体を見つめながらまだ理解できていない様子のシルヴィアにそう教えると、シャイナがふくれっ面でこちらに視線を向けた。

「まぁ！　羨ましいですわ、シルヴィ！　私には何かないんですの、コウヘイ様？」

シャイナの催促《さいそく》を受けて、アイテム収納用に使っている霧夢《きりゆめ》の腕輪《うでわ》を俺は慌てて操作する。

何かいいのはなかったか？　……お？　これ良いんじゃないか？

俺は霧夢の腕輪から半透明の丸い玉を取り出した。ドワーフ国で倒したガイシャリという敵が持っていた収納袋に入っていたものだ。

「シャイナ嬢にはこちらを。スライムコアというアイテムです」

「スライムのコアですの？」

キョトンとした表情で、俺が手渡したコアを見つめるシャイナ。

「はい、こちらは錬金術を習得したら、ルンのようなスライムを作り出せるようになります。どうぞ」

「嬉しいですわ。ありがとう、コウヘイ様」

シャイナが顔を綻ばせた。

それからも応接室で話し込んでいると、あっという間に夕方になっていた。

シャイナたちの提案もあって、俺たちは一晩泊まっていくことになった。

それぞれ一人分にしては広い客室に案内されて、俺たちは荷を下ろす。

俺は霧夢の腕輪があるから荷物は少ないんだけどね。ミーシャもガイシャリが遺《のこ》した収納袋のおかげで荷物は少ないはずだ。クーデリアはたしかかなりの大荷物だったな。

俺は溶岩竜魚《ようがんりゅうぎょ》の鱗鎧《うろこよろい》を緩めて外し、楽な格好になった。

ツヴァイとドライは、このまま俺が借りている部屋で待機状態だ。

夕食の前に身を清めるという貴族家のしきたりに従って、俺は風呂を貸してもらうことにした。

ここの風呂は、蒸気で汚れを落とす形式で、浴槽《よくそう》はない。元の世界でいうサウナに似た感じだ。

蒸気の立ち込める石造りの部屋に入って、何かの植物を束ねたもので体を拭《ぬぐ》い、身を清める。

世話係を付けると言われたがそれは断り、今は一人――いや、ルンが一緒か。

他に利用者がいなかったので、貸し切り状態だ。ルンは今までに経験がないタイプの風呂を見て、不思議そうに体を伸ばしていた。

「やっぱり風呂って言ったら湯船がないとな。ルンもそう思うだろ？」

俺の言葉に、ルンがまたしてもみょんみょんと伸び縮みした。

風呂、もといサウナでさっぱりした俺が外に出ると、小姓《こしょう》たちが待ち構えていた。俺が何かを言う間もなく、体を拭き上げてくれる。

いやまぁ、一人でできるんだが、あんまり断るのもな。彼らの仕事がなくなってしまうわけだし。

すでに着替えも準備されており、彼らが俺にそれを着せていく。大きくて立派な姿見の前で確認してみれば、そこには普段と代わり映えしない平凡な少年の姿が映っていた。

完全に服に着られているって感じだな。

俺は苦笑しながら、案内されるまま食堂へ向かった。

しばらく食堂で待っていると、ミーシャたち女性陣がメイドに続いてぞろぞろと入ってくる。

みな、ドレスに着替えていた。

「……キレイだ……」

俺は普段とは違う彼女たちに思わず見惚《みと》れる。

「コウヘイ、あまりジロジロ見ないでほしい」

猫耳をふせながら、ミーシャが頬を上気させる。

そんな彼女の姿は普段から着ていたんじゃないかと思える程、ドレスがよく似合っていた。

繊細なレースやシルクのような生地が、雲のような軽やかさを感じさせる。その布地には宝石があしらわれており、夜空に瞬く星々のようでもあった。

彼女の赤髪も、そんな純白のドレスと対比してよく映えていた。

クーデリアは背が低い分、可愛らしい雰囲気だ。もちろん似合っている。

「お洋服は当家のお礼の一つです。お持ち帰りください」

シャイナが軽くお辞儀をしながらそう言う。

女性陣が席に着いたところで、夕食が始まった。

燭台《しょくだい》の明かりに照らされ、手を組んだシャイナの影が揺れる。

「まずは祈りを。創造神《そうぞうしん》と眷属《けんぞく》の神々に感謝を」

「「「感謝を」」」

シャイナの後に、シルヴィア、ミーシャ、クーデリアが続いた。

「……感謝を」

俺も見様見真似で感謝の祈りを捧げる。ノーナは、アホ毛を揺らしながらほへぇっと見ていた。

……どうやら貴族は食前の祈りを捧げるらしい。俺はまた一つ、この世界の常識を知った。

祈りを終えると、メイドたちが料理を運んできた。

まず出てきたのは、前菜とサラダだ。前菜は茹でたむき身のエビのようなものと生ハム、それからスモークサーモンに似た料理だ。続いてスープも運ばれてきた。野菜がゴロゴロ入っていて具沢山だ。最初に、エビのようなものをナイフで切り分けて、口に運ぶ。

マスタードのようなものが効いているのか、ほのかに辛みがある。美味いな。

生ハムやスモークサーモンも素材の旨味が凝縮されていた。

ノーナは一人で食べられているか？　と視線を移すと、メイドさんに助けてもらいながら料理を食べている姿が見えた。俺は一安心して、食事を続けた。

スープに口をつけると、濃厚な野菜の旨味が広がった。

むぅ、やるな。

俺も自分の料理には自信があったが、このスープも負けず劣らず旨い。

サラダも新鮮だった。食感はシャキシャキで、上にかけられたドレッシングらしきものがいい味を出していた。

ヴェルとアウラを見ると、二匹ともメイドさんたちから与えられた料理を食べている。

メイドさんもどこか楽しそうだ。ふふ。ウチの子たちは可愛いから、癒されているのだろうな。

メインは、肉の種類は分からないがステーキで、パンと一緒に目の前に出された。

厳選された肉の質は申し分なく、ナイフがスッと入っていく柔らかさだった。

食事をワインで流し込み一息つくと、デザートのチーズケーキが出てきた。どの料理も、なかなか森で生活していたら食べられないものばかりだ。

デザートを食べ終え、食後のお茶を楽しんでいると、シャイナが俺たちに話を振った。

「そういえば皆さん、竜王国《りゅうおうこく》の噂《うわさ》はご存知かしら？」

「ふむ。どのような噂であろうか」

「あい？」

ミーシャとノーナが首を傾げる。

「竜王国のことはボクには分かりませんね」

クーデリアも首を横に振ってから、興味深そうに水色の瞳をシャイナに向けた。

「それで、その噂というのは何です？」

俺はシャイナに続きを促す。

「はい、わたくしもお父様から聞いただけのお話ですが……」

そう前置きして話し始めたのは　竜王国でスタンピードの兆候が出ているという内容だった。

だが、当の王国自体は、どうせいつものスタンピードだ、と楽観視しているらしい。

それもそのはずで、竜人族は頑丈で屈強。今までも自分たちで退けてきたのだとか。

一瞬心配したが、それなら大丈夫なんじゃなかろうか。俺も特に問題視しなかった。別の国のことだしね。


翌日、俺たちは朝食をいただいてから出発の準備を始めた。

今日はスティンガーの町に帰る日だ。

用意を終えた俺たちが玄関に出ると、シャイナたち姉妹とセバスが立っていた。

「ぜひまた当家にお寄りください」

「また、きてください」

姉妹揃って服の裾を持ち上げて、ちょこんとお辞儀をする。

顔を上げたシャイナが、そのまま執事長に声をかけた。

「セバス、あれを」

セバスは俺のもとまでやってきて、お金の入った袋と公爵家の紋章《もんしょう》が入った短剣を手渡してきた。

短剣を見る俺に向けて、シャイナが言う。

「もし何かあれば、この短剣をお使いください。当家が力になります」

「ありがとう。万が一の時に使わせてもらうよ」

霧夢の腕輪にしまいながら、俺はそう返す。

それからミーシャに密かに確認する。貴族の短剣を持っていると、万が一他の貴族とのいざこざに巻き込まれた時に後ろ盾になってくれるようだ。使ったら使ったで面倒くさそうだな。森暮らしの俺には使う機会なんてなさそうだけど。

「あい、シルヴィまたね」

俺の隣でノーナがシルヴィアに向けてブンブンと手を振った。

「のーなちゃん、またね」

緑色のアホ毛を揺らしながら別れを惜しむノーナを見て、シルヴィアも微笑みながら小さく手を振り返す。

名残惜《なごりお》しそうにしているノーナの手を引きながら、俺はミーシャたちと一緒に公爵家が貸し出してくれた馬車に乗り込んだ。

王都の乗合馬車のところまでは、これで送ってもらう手はずになっている。

馬車が走り出してからも、ノーナは窓にへばりついて後方に向かって手を振っていた。

それは、馬車が公爵家の入り口を出るまで続いたのだった。

「ここまでありがとうございました」

馬車を降りながら礼を言うと、御者も会釈《えしゃく》をして来た道を引き返していった。

さて、まずはスティンガーの町を目指さないとな。

俺たちは目的の場所へ向かう馬車を見つけて乗り込んだのだった。

スティンガーの町には、何日かかけてたどり着いた。

ドワーフの国へ向かっていた往路では野盗が出るトラブルもあったが、帰り道は平和だった。

今日は皆で銀月亭《ぎんづきてい》に一泊する予定だ。この宿には、俺が拠点のある森から出てくる度にお世話になっている。

銀月亭に向かう前に、俺たちは冒険者ギルドに寄って、クーデリアの冒険者登録と天龍の赤ちゃんのアウラの従魔登録を済ませることにした。一応クーデリアもドワーフの国の身分証は持っているのだが、それだけだとこの国に住めないからな。定住するための許可証代わりだ。

無事に登録を済ませた後は、皆で銀月亭に向かう。メイちゃんは元気だろうか？

「いらっしゃいませー。銀月亭へようこそー」

宿に入るなり、メイちゃんのはつらつとした声に出迎えられた。

俺たちは、彼女の受付を済ませてそれぞれ部屋に移動する。

皆で食堂へ行き夕食を済ませたら、その日は就寝した。


翌朝、そのまま銀月亭で朝食をとってから、宿を出る。

朝の人通りの多い大通りを歩いて、ダンジョンのある建物へ向かった。

ノーナはドライの背負籠《せおいかご》の中から顔を半分覗かせて街並みを眺めていた。

ダンジョンのある建物の入り口でチェックを済ませてから、中央にある転移石へと向かう。

この転移石を使えば、俺の家がある拠点の森までひとっとびだ。

俺は大きな荷物を背負ってついてきたクーデリアに、今さらながら疑問をぶつける。

「なぁ、クー。俺たちについてきて本当に良かったのか？　言っちゃあなんだが、うちは温泉くらいしかないぞ？」

「はい、コウヘイさん。その温泉が重要なのです！　ミーシャさんもノーナも見れば髪がツヤツヤで、その美しさと言ったら……ボクももっと温泉に入りたいです！」

たしかに、ミーシャたちの髪は公爵家でも照明の光をよく反射して輝いていたな。

クーデリアの言うことも分かるが、温泉のためだけにあんな森に住むなんて、この世界でも女性の美容への執念《しゅうねん》はすごいな……

俺が遠い目をしていると、クーデリアが髪を揺らし、キョロキョロと周りを見回して言った。

「ところでコウヘイさん。こちらはダンジョンですよね？　森に帰るのではないんですか？」

「ああ、これは内緒なんだが……」

俺はそう切り出して、手を口に添えて声を潜める。

「実はここの転移石とウチの拠点は繋がっていてな。ここから家にすぐ向かえるんだ」

「そうなんですか!?」

クーデリアがアクアマリンのような瞳を丸くしながら、驚きの声を上げた。

「シーッ」

俺は人差し指を口に当てて、クーデリアの方を向いた。

「わわっ」

クーデリアが慌てて、背中の大荷物を揺らしながら両手で口を押さえた。

皆で中央に設置してある身の丈を超える大きな転移石に向かう。

俺が鈍く輝いている転移石に手を触れるタイミングで、皆が俺の肩に手を乗せた。人数が増えたから少し窮屈《きゅうくつ》だな。

「じゃあ、行くぞ？　転移。森の拠点へ」

俺がそう呟くと、エレベーターが動く時のような浮遊感が一瞬襲ってきた。

目を開けると、拠点の倉庫の地下に到着した。

「すごい……本当に転移できた……」

クーデリアが水色の瞳を丸くした。

「うむ、帰ってきたな。まずは風呂だ」

ミーシャが赤い尻尾を上機嫌に揺らしながら、地上への階段を上っていく。

「あい。のーなも入るます！」

ドライの背負籠から元気よく答えるノーナ。

「さ、行くぞ」

俺は抱っこ紐の中のヴェルとアウラを撫でつつ、クーデリアを促し階段を上った。

階段を上ると、久しぶりに見る広場の光景だ。

ちょうどアインとウノ、ドスが畑の面倒を見てくれているところだった。

「アイン、ウノ、ドス、留守番ありがとうな。お疲れ様」

俺はそれぞれを撫でながら大地の力を流し込んだ。三体のゴーレムが淡く光る。

アインたちは頷くと農作業に戻っていった。心なしか元気になったように見える。

俺はそれを見届けると、玄関の扉を開けて中に入った。

「ただいまーっと」

嗅ぎ慣れた木の匂いが俺を出迎える。久しぶりの我が家だ。

「おかえりなさい、マスター。無事にお戻りできて何よりです」

メイド服を着たホムンクルスのティファが俺の前にやってきた。こいつの正体は、スティンガーの町にあるダンジョンのコアでもある。

「おう。三人娘は？」

「はい、マスター。皆さん釣りに行くと言っていました」

「そっか。そうそう、これ。お土産な」

俺は霧夢の腕輪をガサゴソと操作して銀細工の櫛《くし》を取り出し、ティファに渡してやった。

「これは……ありがとうございます、マスター」

ティファはそう言うと櫛を大事そうに胸に抱き、ツヤのある黒い髪を揺らして、ニコッと滅多に見せない笑みを浮かべた。

俺はヴェルとアウラを抱っこ紐から籠に移し、溶岩竜魚の鱗鎧を脱いで一息ついた。

ルンは俺の頭の上から降りると、ぴょんぴょんと跳ねながら家を出ていった。おそらく森のパトロールへと出かけていったのだろう。

ミーシャがノーナの手を引き風呂へと向かっていった。その後ろに、お風呂セットを持ったクーデリアもついていっている。

「ではマスター。ワタシも一風呂浴びてきます」

ティファも風呂か！　そんなに入っていたらふやけちゃうぞ？

ミーシャたちの姿を見送っていると、風呂の方から誰かが入れ違いでやってきた。

「あなた様、お邪魔しております」

「うむうむ。良いお湯だったのじゃ」

エルフのアルカとゼフィちゃんだ。

二人とも、以前彼女たちの住む神樹の森で魔障騒ぎが起きて俺が助けに向かった際に知り合った。

なお、ゼフィちゃんはちゃん付けで呼んでいるが、これでも女王様だ。アルカもゼフィちゃんも銀髪で目の色が赤い点は同じなので、パッと見ると歳の離れた姉妹に見える。スラリとしているのがアルカで、幼女っぽい見た目の子がゼフィちゃんだ。

「ああ。ただいま」

俺は二人に帰宅の挨拶をした。彼女たちは湯上がりでしっとりツヤツヤしていた。

「かの国はどうじゃったのじゃ？」

ゼフィちゃんがルビーのような瞳を俺に向けてきた。

「あなた様、私も聞きたいです」

後ろに長くまとめられた銀髪を揺らしながら、アルカもこちらを見た。

「おう。ドワーフの国な。まずは何と言っても飛龍便がよかったな。空の旅は快適だったぞ？」

俺はクーデリアの案内でドワーフの国に行った旅路を思い出しつつ語った。

「ぬう。飛龍とはすごいのじゃ。妾《わらわ》も乗ってみたいものじゃな」

ゼフィちゃんが顎《あご》に手を当てて唸る。

「叔母上は神樹の森での執務がありますからね。長旅は無理ではないでしょうか？」

アルカが赤い瞳でゼフィちゃんを見た。

「コウヘイ！　アルカちゃんがいじめるのじゃ！」

ヨヨヨ、と泣き真似をするゼフィちゃん。幼い姿も相まってなんだかあざとい。

そこへ三人娘が釣りから帰ってきた。

「あぁ、おかえりぃなさいですぅ」

「です！」

「やっと帰ってきたんだぜ！」

元気よく挨拶してくるマロン、リィナ、エミリー。三人娘の釣果《ちょうか》はなかなかのもので、たくさんの魚を抱えていた。

「おう。ただいま」

俺はニッと笑みを浮かべた後、三人娘と魚を干物にする作業を始めたのだった。

第二話　救援要請

「杉浦せーんぱい！」

少女の鈴のなるような声が響く。

これは、元の世界の学校の景色……もしかして夢の中か？

学校の日直当番の後片付けをしている俺は、呼ばれた方を振り返った。

「なんだ、小鳥遊か」

そこにいたのは、俺より背が低い、制服姿の少女。

「むう。なんだとはなんですかー」

プンプン！　という擬音が聞こえてきそうな様子で両手を腰に当てて少女が怒る。

小鳥遊《たかなし》夏海《なつみ》。俺の一個下の後輩だ。妹の陽愛《ひめ》とは同級生。

大きな瞳は澄んだ空のように透明で、微笑む唇は色鮮やかな蕾のようだ。端正でバランスがとれた容姿は、学校の男子の視線を引き付ける。

ショートカットに整えられた髪が、肩辺りで軽やかに揺れた。

アイドルグループにいても埋もれることは無いだろう。

「何か用だったか？　これから先生に日誌を見せに職員室に行かなきゃなんだけど……」

学校を早く出たかった俺は、少しぶっきらぼうに小鳥遊に尋ねた。

「え～。用が無かったら会いに来ちゃ行けないんですか～？」

むぅ、と小鳥遊がむくれた。

「いや、別にそんな事は無いけどさ……」

俺口ごもっていると、小鳥遊が揶揄《からか》うように言った。

「杉浦先輩って付き合ってる人っていないんですか～？」

「こんな平凡なヤツを好きになるもの好きなんていやしないよ……」

夢の中でまで、こんな話かよ。

これは夢であると同時に、この世界に来る前にあった、俺の後悔の記憶だ。

この後の展開を、俺はよく知っている。

「じゃあ、その平凡なヤツを特別に想う人が居たらどうします～？」

「はっ。それはあり得ないね。へそが茶を沸かすよ」

おい！　やめろ！　それ以上言うな！

「ふ～ん。それじゃ、もし私が好きだって言ったら付き合ってくれますか？」

「いや、それは無いだろ」

いつもの冗談だと思って、そう返してしまった俺。

ふと顔を上げると、小鳥遊の大きな目には涙が溜まっていて……

◆　◆　◆

翌朝、俺は勢いよくベッドの上で起きた。

「ふぅ……」

顎に滴《したた》る汗をぐいっと拳で拭ってから、部屋を見回す。

どうすりゃよかったんだよ。

夢で見たあの時の出来事を思い返して、俺はやるせない気持ちになった。

だが、今考えても意味はない。もう俺は異世界に来てしまっているのだから。

気を取り直した俺はガサゴソと起き上がり、水差しからコップに水を入れると、それを一気に呷《あお》った。

「さ、今日も一日が始まるぞっと」

夏真っ盛りということもあり、俺はとある料理を食べたくなってしまった。

そう、〝冷やし中華〟である。

きっかけは、アルカたちの住む神樹の森の別荘に行った時のことだ。そこで、俺はエルフが麺《めん》を食べている光景を目の当たりにした。幸い麺の種類も弾力があって、ツルツルしこしこなもの。

ゆくゆくはラーメン作りもできそうだが、この暑さには不向きだ。

それらを踏まえて、夏の風物詩《ふうぶつし》である冷やし中華を作ることに決めたわけだ。

麺の原料は神樹の森で分けてもらった、とある植物の実。

それをすり潰し、粉にしてから水を加えて手でまとめて、少し寝かせる。ある程度時間が経ったら麺棒で伸ばして畳む。端から均一の細さで切り分けていけば、後は茹《ゆ》でるだけだ。

中華そばの麺には本来は鹹水《かんすい》と呼ばれるものが必要なのだが、この植物の実はこねるだけで中華そばの麺になる。流石は異世界の食材だ。

トッピングのきゅうりもどきやハム、卵焼きなどを千切りにして準備する。ついでに紅生姜《べにしょうが》に似た食材も並べた。タレの準備も万全だ。醤油《しょうゆ》にみりんや酢、砂糖などを加えていき、味を調《ととの》える。

茹で上がった麺は、水球と氷魔術を使って引き締めた。

そのまま皿の中央に麺を載せ、その上に千切りにした食材を盛り合わせる。

これは旨そうだ！　もう一人で先に食べちゃおうかな？

そう思っていたら、いつの間にかほへぇっとした顔で、俺の作業を見つめているノーナと目が合った。合ってしまった。

「あい、コーへ。何作ってる？」

口元に人差し指を当てながらノーナが首を傾げている。アホ毛も不思議そうに曲がっていた。

「あ、あぁ。これはな、冷やし中華という料理だ」

「ひやしチューカ？　おいしい？」

「ああ、美味いぞ。それに、この暑い季節にピッタリだ」

自信作だしな。俺はノーナに意気揚々《いきようよう》と答えた。

「あい！　ノーナ食べたいです！」

緑色の髪を揺らし、勢いよく手を挙げるノーナ。

「そうかそうか。ノーナにも作ってやろう」

俺はいそいそと冷やし中華の追加分を作り始める。ザザッとね。

こんなもんでいいかな？

出来上がった冷やし中華の皿を目の前に出すと、ノーナが両手を上げてキャッキャッと喜んだ。

「あい！　きれい！」

さて、これで実食できるな……と思ったところで、玄関の方で声が響いた。

「おなかぁ空いたですぅ」

「ですです！」

「腹ペコだぜ！」

マロン、リィナ、エミリーが帰ってきたようだ。三人娘がかしましく入ってくる。

「ふむ。何かいい匂いがするな」

さらに、ミーシャが形の良い鼻をスンスンと鳴らしながらその後ろに続く。

「本当ですね。あなた様、今晩はどんな料理ですか？」

「マスター、お腹と背中がくっつきそうな匂いです」

「ボクもお腹ペコペコ～」

アルカとティファ、それからクーデリアもぞろぞろ部屋に入ってきた。

「みんな揃って帰宅か。もうそんな時間なのか？」

そう言いながら窓の外を覗くと、もう夕方になっていた。

かなりの時間、料理に熱中してしまったらしい。

「ノーナ。みんなで食べようか」

「あい！　そうします」

一緒に住む者が増えて拡張したばかりのリビングに、人数分の冷やし中華を作って皆で運んだ。

席に着いたミーシャが鮮やかな冷やし中華を見て感嘆の声を上げる。

「うむ。彩《いろど》りが良いな」

「あなた様、味が想像できません」

アルカも目を丸くして言った。

エルフは神樹の森で麺料理を見慣れているはずだと思ったんだけどな。

「マスター、早く食べましょう」

「ボクももう我慢できないよ」

まだかまだかと急かしてくるティファとクーデリアを見て、俺は皆に言った。

「じゃあ全員揃ったことだし、いただくとするか！」

こうして皆で異世界での冷やし中華を堪能《たんのう》したのだった。


それから数日経ったある日。

俺は収納機能がついている腕輪――霧夢の腕輪の中身を整理していた。

着替えをまとめて入れっぱなしで、モンスターのドロップアイテムなんかもそのままだったので、どこかで片付けようと思っていたのだ。

「え～っと、これは洗濯物だろ？　これは倉庫行き、っと」

腕輪からものを出していたら、あっという間に部屋の中がもので溢れ返った。

足の踏み場もない中、スライムのルンが俺の頭の上でミョンミョンと上下運動をしている。

グリフォンの子供のヴェルは、クアッと小さなあくびをして籠の中から俺の作業を眺めていた。

天龍の赤ちゃんのアウラは、すやすやと寝ている。

俺は洗濯物をまとめると、洗濯籠の中へ放り込んだ。早いとこ洗濯せねば。

倉庫行きの荷物は霧夢の腕輪へいったん戻して、部屋を後にした。倉庫に着くと、荷物を次々取り出して整理を再開する。そして腕輪の最後の方に入っていた石を取り出した。混沌神《こんとんしん》の欠片《かけら》と呼ばれるアイテムだ。名前から察するに神様の体の一部らしいが、詳しいことは分からない。

持ち上げてみると、石は透明度が高く、反対側の景色が透けて見えた。外の光を反射してキラリと光っている。紫がかった石の角度をクルッと変えると、間の抜けた平凡な少年の顔が映って俺は苦笑する。それから石をポンポンと片手でお手玉しながら考えた。これをどうしたものか、と。

神様の体の一部ということなら神様が管理すべきじゃないか？

そう思い立った俺は倉庫を出て、拠点の家の裏へ回った。ここには俺が元いた世界でよく拝んでいたものに似ていた地蔵尊《じぞうそん》を祀《まつ》っている。それから、俺をこの世界に無理やり連れてきたロキ神の像も。

小さな祠《ほこら》のようなものの中に台座があり、その上に像が二体置かれている。いずれも俺が大地の力で作ったものだ。

神様の方が詳しいだろうし、こっちに置けばいいよな？

ロキ神の像の前に立ち、手に持った混沌神の欠片をお供物を置く台の上に置いた。

神様のことは神様で解決してください。

俺はロキ神の像に向かってパンパンと二礼二拍手一礼をした。

像が一瞬ポワンッと光り、お供物の台の上の混沌神の欠片がフッと消える。

以前ここに供物を置いた時も思ったけど、ちゃんと相手に届いているのだろうか？

……まぁ、この場からは消えたみたいだし、これでヨシ！

俺はふぃ～っと腕で額を拭きながら息を吐く。

辺りをキョロキョロと見回してみたが、変化が起こったようにも見えない。

俺は一抹《いちまつ》の不安を感じながらもその場を後にするのだった。


さらにまた別の日。夏もたけなわ。拠点の前の畑で、俺が麦わら帽子を被って農作業をしていると、家の中からティファがこちらに向かって駆けてきた。珍しいな、いつも落ち着いている彼女が走るなんて。

黒い髪を揺らし、メイド服のスカートをなびかせて俺の前まで来るティファ。

「マスター、マスター。大変です。一大事です」

内容にそぐわずちっとも大変そうじゃない顔でティファが言う。

普段からあまり表情が動かないからな。いや、よく見ると焦っている？

ティファの顔色は分かりにくいが、いつもと違うことだけはなんとなく察せられる。

俺はどっこいしょと立ち上がり、トントンと腰を叩きながらティファに向き直った。

「どうした？　ティファ。何かあったのか？」

「はい、マスター。私の本体でもあるスティンガーのダンジョンコアに問題が発生しました。至急、管理室までお越しください」

ティファが、オニキスを思わせる漆黒の瞳で俺をまっすぐに見つめながら答える。

「なんだって!?　そりゃあ大変だ！」

俺はティファに連れられて倉庫の地下室へ急いで向かう。

階段を下りると、部屋の中央の台座の上に置かれた転移石が鈍い輝きを放ちながら俺たちを出迎えた。

「マスター、お手を」

ティファが転移石に手を触れながら、俺にもう片方の手を差し伸べてくる。

俺は差し出されたティファの手を握った。柔らかく、ふっくらとした感触だ。

緊急事態かもしれないのに、そんなとりとめもないことを俺は考えていた。

一瞬の浮遊感とともに景色が変わり、俺たちはダンジョンコアがある部屋に転移した。

「……マスター。お待ちしておりました……」

俺の身長を優に超える程大きな石から声が響く。ダンジョンコアだ。

ダンジョンコアはチチチと何か機械音のような音を立てていて、その周りを何かの文字列が光を発しながら周回している。

「それで、問題ってのは？　ダンジョンコアは大丈夫なのか？」

「肯定……地脈の流れから異物の力を感知。ラインを切断して流入を防いでいます……」

ダンジョンコアが抑揚のない声で答える。

「異物の力か……また邪神絡みか!?」

俺は疑問に思ったことを口にした。

つい最近救った神樹の森もドワーフの炉も、いずれも邪神絡みの異物が原因だったはずだ。

「解答……すぐに切断したので精査できていません。これ以上の接続は危険と判断……」

たしかにこれ以上関わって、ダンジョンコア自体を危険に晒《さら》すのは本末転倒だ。

「マスター。その流れ込んできた異物の力を何とかしてほしいのです。このままではダンジョンの機能に異常が出てしまいます」

ティファがそうお願いしてきた。コアは地脈から力を得ているということか？　だとしたら早く解決しないとな。

この町はダンジョンありきで回っている。ダンジョンがもし使えなくなったら困る人がたくさん出てくるだろう。

「分かった。俺の力で解消できるかは分からないが、できることはやってみよう」

俺が頷くと、ダンジョンコアから無機質な声が再び響く。

「承諾……仮のラインを一時地脈に接続。マスターには異物の除去をお願いします……」

「よし、了解」

さっそくダンジョンコアに触れ、大地の力を流して異物の探査を始めた。

探査をはじめてしばらく、俺はダンジョンコアが言っていた辺りに違和感を覚えた。

これか？　なんか覚えのある触り心地だな。

大地の力を強めに流し込んで、手で掴むようなイメージで握り込む。

ぐおっ。力を使った反動で胃がせり上がってくるような感覚に襲われた。

俺は汗を流しながら、手に掴んだイメージを保ったまま引っ張り上げた。

「……!!」

ダンジョンコアの驚いたような感情が伝わってきた。

「つりゃあぁぁぁぁぁぁぁぁぁ！」

ダンジョンコアの中にいつの間にかめり込んでいた俺の腕を引き抜くと、手にはドス黒い石が握り込まれていた。

こいつぁ最近見ることが増えたアレじゃないか？　なんだか縁があるな。嫌な縁だけど。

俺は石を睨みつけながら、すぐさま鑑定する。

名前：邪神の欠片
説明：■■■■■

やっぱり思った通り！　はた迷惑なことだ。

「ティファ、どうやらまた邪神絡みのようだぞ？」

俺はため息を漏らしながら、ティファに今さっき掴んだ欠片を見せる。

「マスター？　それは……？」

ティファが訝しげな表情でドス黒い石を見つめる。

「おう、邪神の欠片らしい。これが地脈のどこかに埋め込まれていたってわけだな」

俺は異変の原因を簡単に説明した。

「ありがとうございます。マスター。その黒くて汚らわしいモノを取っていただいて」

ティファは体の前で両手を揃えて俺にお辞儀をした。

「まぁ、運よく解決できただけだけどな。それでコア、どうだ？　問題はないか？」

俺は若干照れながらダンジョンコアに調子を尋ねた。

「肯定……問題ありません。ダンジョンもこのまま通常通りに稼働できます……」

ダンジョンコアの言葉を聞いて、俺はほっと一息ついた。

それからついでとばかりに邪神の欠片に大地の力を流していく。

邪神の欠片からポロポロと黒いものが落ちていき、外側から中心に向けて透き通っていった。黒いものが蒸発していくように宙に掻き消えると、綺麗な赤い石が手元に残った。すかさず石を鑑定する。

名前：混沌神の欠片
説明：混沌神の体の一部。

大丈夫なようだ。しかし石が赤いのはなんでだ？

「マスター……ダンジョンコアに触れてください。エネルギー補給をお願いします……」

俺が首を傾げていると、ダンジョンコアが俺にそう要求してきた。

おっと？　久しぶりに来たからエネルギーも足りていなかったか？

俺は再びダンジョンコアに手を翳《かざ》して多めに大地の力を流した。

「これでいいか？　もう他に問題はないよな？」

俺はダンジョンコアから手を離すと、片眉を上げて確認する。

「否定……いえ、マスター。ここは問題ないのですが、他のダンジョンコアから救援依頼が地脈を伝って届きました……」

ダンジョンコアが抑揚《よくよう》のない声で、新しい情報を告げた。

同時に文字列のようなものが流れ、それを見たティファが一言。

「マスター。これは……竜王国にあるダンジョンですね」

竜王国か。たしかシャイナたちがスタンピード騒ぎがあるって教えてくれたっけな。関わることはないと思ったんだが……

「俺が行かないとダメなのか？」

またこの国を離れる必要が出てくるのか？

腕を組み鼻から息を漏らしながら聞く俺を見て、ティファが頷く。

「はい、マスター。向こうのコアルームに何か異常が出ている模様です。ダンジョンコアに干渉できるマスターの力が必要かと」

ダンジョンコアの鈍い光に照らされながら、ティファは淡々と言った。それじゃあ次の行き先は竜王国か。また慌ただしくなりそうだな。

ひとまず俺とティファは森の拠点に戻り、旅の準備を始めることにした。

準備の前に、ダンジョンコアから取り除いた混沌神の欠片を片付けることも忘れない。ロキ神の像に混沌神の欠片を捧げてパンパンっと手を叩く。

台がポワンッと光り、混沌神の欠片は消えていった。もう戻ってくるなよー。

部屋に戻ろうとしたところで、アルカとゼフィちゃんが話しかけてくる。

「あなた様、もしかしてまたどこかにお出かけするのですか？」

「何？　また旅に行くのか？　ずるいのじゃ」

風呂上がりなのか、二人ともさっぱりとした顔をしていた。

「うん。今度は竜王国に行かなきゃいけなくなったみたいだ」

正直に次の旅の行き先を告げると、アルカが勢いよく顔を近付けてきた。

「あなた様、今度は私もついて行きます！」

「アルカちゃんずるいぞ！　妾も行きたいのじゃ！」

ゼフィちゃんが羨ましそうにプクーっとむくれた。

「叔母上は執務があるでしょう？」

「それを言ったらアルカちゃんだって巫女《みこ》の仕事があるのじゃ！」

互いに一歩も退かず、二人はぐぬぬ、と睨み合った。

おいおい。俺は呆れて力が抜けてしまう。

「まぁ来るかどうかは二人に任せるよ。ただ仕事に支障が出ないようにしてくれよ」

俺は軽くため息をついてから、腰に手を当て二人のやり取りを見届ける。

「よし！　話をつけてくるのじゃ！」

ゼフィちゃんはそれだけ言って、ピューッと勢いよく倉庫の方に駆けていった。

「あっ！　待ってください、叔母上！」

アルカもゼフィちゃんを追って走り出す。

転移石を使って神樹の森に行ったのだろう。

俺は気を取り直して部屋へ戻り、旅の準備を進めた。

それから夕食の時間になり、俺は皆に話を切り出した。

「……ということで、ダンジョンコアに問題があるみたいで竜王国に行くことになった」

経緯をひと通り話した後、真っ先にミーシャが口を開く。

「ふむ。ミーシャも行くぞ」

前回神樹の森やドワーフの国に行く時に同行してくれたこともあるし、この世界に詳しいミーシャがいてくれるのは助かるな。

「ボクは今回はここに残ります」

「あい」

クーデリアの言葉に、ノーナが同意した。

おや？　クーデリアは分からなくもないが、ノーナも残るのか。

「ノーナ、ちゃんとお留守番できるか？」

心配になった俺はノーナに尋ねる。

「あい！　できまつ！」

ノーナが元気よく手を挙げて答える。それに合わせて緑色のアホ毛もピコピコと揺れる。

ノーナも前より大きくなったし、自立させるために留守番させた方が良いんだろうが少し不安だ。

俺は最後にマロンたちの意思を確認する。

「三人はどうする？」

「はいぃ。今回はぁ、ご一緒できればぁ」

「です？」

「たまには手伝うんだぜ！」

三人娘は一緒についてくるようだ。今まで留守を任せっぱなしだったもんな。

皆の答えを聞いたところで、俺はクーデリアに声をかける。

「じゃあクー。ノーナの面倒をよろしく頼むな」

「はい、コウヘイさん。ボクに任せてください」

クーデリアはとん、と胸を叩いて自信満々に答えた。

「それと、もし俺たちの帰りが遅くなって次の月をまたぐようならクーにモンタナ商会との取引をお願いしたいんだ……」

モンタナ商会とは、俺が大地の力で作った反物《たんもの》などを定期的に買い取ってもらうやり取りが続いている。以前は三人娘に頼んでいたが、今回留守番するのはクーデリアとノーナだけだし、ここはクーデリアにお願いするしかない。

俺が心苦しく思いながら切り出すと、クーデリアは水色の瞳をキョトンとさせながら問い返す。

「モンタナ商会ですか？」

「ああ、俺が作った反物を納品しているんだ」

「ああ、あれですか。大丈夫ですよ」

元々クーデリアは、俺が作った反物を見て、俺のことを知ったので、すぐに話を理解してくれたみたいだ。快く請け負ってくれた。

「一応、荷物持ちにツヴァイを残していくから、何かあれば使ってくれ」

念のため、クーデリアにはモンタナ商会の取引相手のトットさんのことや、取引の内容を詳細に説明してから、その日は解散したのだった。

第三話　竜王国へ行こう！

朝もやが立ち込める森の中、俺はドワーフの国で作ってもらった溶岩竜魚の鱗鎧を装備し、抱っこ紐を前にかけて外に出た。抱っこ紐の中ではヴェルとアウラが身を捩《よじ》る。ルンはいつもと同じく俺の頭の上に陣取っていた。

そして出発しようとしたところで——

「待っていたのじゃ！」

「あなた様……すみません。説得に失敗しまして……」

「ウォフ！」

神獣に跨《また》がったアルカとゼフィちゃんが俺を出迎えた。

アルカとゼフィちゃんは事前に話を聞いていたが、神獣も来るのか？

俺が疑問符を頭に浮かべていると、二人を降ろした神獣が体をブルリと震わせた。そのままみるみる内に神獣が縮んでいく。

「ウォフ！」

アルカたちを乗せていた大きい見た目から一転、秋田犬サイズになっていた。

「クシュンッ！」

だが、神獣はくしゃみとともにボンッと元の大きさに戻ってしまった。

どうやら気を抜くと小さいままの姿を維持できないようだ。神獣はハッとした顔をすると恥ずかしそうに顔を下に向けた。

「クゥ～～ン……」

「ははっ。まぁ気にしなくていいさ」

俺は落ち込む神獣に声をかけながら、抱っこ紐の中のヴェルとアウラを優しく撫でた。

これでメンバーは全員揃ったし、いよいよ出発だな。

今回竜王国に行くのは、俺とミーシャ、ティファ。それから神獣とアルカにゼフィちゃん、三人娘にストーンゴーレムのアインとドライだ。結構大人数になったな。

ダンジョンコアからの要請があったとはいえ、ちょっとした旅行だ。

全員が転移石の存在を知っていることもあって、まずはスティンガーのダンジョンへ一気に転移する。これで、スティンガーの町までの移動時間を大幅に短縮できる。歩いていくと五日はかかるからな。

ダンジョンの入り口へ着くと、そのままギルドの派出所を目指す。

アルカ、ゼフィちゃんと秋田犬サイズの神獣を登録するためだ。

神樹の森とスティンガーの町は交流がなく、エルフの身分証は使えないから代わりになるものが必要なのだ。

登録を済ませた俺たちが派出所を出ようとすると、ぶっきらぼうな声が響く。

「おいおい！　やけに女子供が多いじゃねぇか。いつからここは保育所になったんだぁ⁉」

声の方を見ると、中年のおっさんが酒瓶を片手にこちらを睨みつけていた。片足が義足で身なりが小汚いおっさんだった。

「そちらこそ何を言っているのだ？　ここは初級ダンジョンのギルド派出所だぞ？　女子供がいても不思議はないだろう？」

眉をひそめたミーシャが訝しげに答える。

「ああ⁉　女のくせに何を生意気言ってやがる！」

ミーシャの言葉が癇《かん》に障ったのか、おっさんは顔を紅潮《こうちょう》させながら怒りを露《あら》わにした。

ちらりと周りを見るが、誰もこのおっさんを止めようとしない。

いやまぁ、俺だって嫌だけどな。こんな話が通じなさそうなおっさんを相手するの。

「だいたいそこの坊主も気に食わねえ！　女ばかり侍《はべ》らしやがって！　そんなヤツの何が特別だってんだ⁉」

おっと⁉　関わらないようにしていたのにいきなり俺に飛び火したぞ？

「マスターに失礼です。発言の撤回と謝罪を要求します」

顔には出ていないが、ティファが怒りの声を上げた。

「あなた様。相手にしてはいけない類《たぐい》の人間です」

アルカは俺の方を向いてため息混じりに言う。

「るっせえ！　オレに生意気な口を利くんじゃねえ！」

そこで赤ら顔のおっさんがガシャン！　と持っていた酒瓶を地面に叩きつけた。

その音に驚いたのか、ヴェルとアウラが抱っこ紐の中でびくりと震える。おいおい。ウチの子たちが怯《おび》えているだろうが！

俺が怒りをふつふつとたぎらせていると、ゼフィちゃんがおっさんに向けて呆れたように言う。

「なんじゃいなんじゃい。大体からしてお主、その女子供にしか悪態をつけぬではないか。まったく情けないのじゃ」

「はいぃ」

「ですです」

「だぜ！」

馬鹿にしたように言い放った言葉に、マロン、リィナ、エミリーの三人娘も便乗する。

「つるせぇ！　おらぁ！」

言い返す言葉が思いつかなかったのか、酔っ払ったおっさんは割れた酒瓶をぶん投げてきた。

うおっ！　危ねえ！

俺は片手で抱っこ紐をかばい、もう片方の手で自分の顔を防御する。その間に、頭の上にいたルンが飛んできた瓶をグワッと体を広げてキャッチし、アインとドライは俺たちの前に立って盾になってくれた。

「これで正当防衛というやつが成立するのじゃ」

ゼフィちゃんがニンマリと笑みを浮かべると同時に、女性の形をした水の塊《かたまり》が彼女のすぐ側に現れた。

「マリンちゃん、頼むのじゃ」

マリンと呼ばれた水の塊が酔っ払いのおっさんに指先を向けると、彼の顔の周りに水が発生する。

「むが……もごご」

おっさんが自分の顔を覆う水を何とかしようともがき出した。

「どうじゃ？　陸で溺《おぼ》れる気分は？」

赤い目を細めてフフンと得意げに胸を張るゼフィちゃん。

やがて耐え切れなくなったおっさんがその場でビタンと倒れた。

「む。マリンちゃん、もういいのじゃ」

ゼフィちゃんがそう言うと、水の塊はシュルリとかき消え、おっさんの顔の周りにあった水もなくなっていた。

今のはなんだったんだ？　今まで俺が見たどの力とも違うような。

「ゼフィちゃん。それはなんだ？」

気になった俺はゼフィちゃんにさっそく質問する。

「む？　これか？　これは精霊魔法じゃ」

精霊か、初めて見た。妖精ならノーナで見慣れているけどな。

「すごいな、ゼフィちゃんは」

俺は初めて見る精霊魔法に感嘆の声を上げる。

「そうじゃろう、そうじゃろう。もっと妾を褒《ほ》めるのじゃ」

腰に両手を当てて、ゼフィちゃんは鼻を高くした。

「いえ、あなた様。あまり褒めると叔母上が調子に乗るのでその辺で」

アルカがやれやれといった様子でため息混じりに言った。

話が終わると、ちょうど衛兵たちがやってくる。

「失礼。ここで暴漢が出たと聞いてきたのだが……」

キョロキョロと辺りを見回す衛兵たち。

「こちらで対処しました。そこで伸びているのが、その暴漢です」

俺が代表して応え、床に伸びているおっさんを指し示す。

「そうか。協力感謝する。おい、こいつを連れていけ」

酔っ払いのおっさんは、両脇を衛兵に固められてそのまま連行されていった。

騒ぎも落ち着き、俺は抱っこ紐の中のヴェルとアウラを撫でてあやした。

「お前ら驚かせちゃったな。それにしても、ミーシャ。こういったことってたまにあるのか？」

今まで遭遇したことない事態だったため、ヴェルたちを撫でたまま俺はミーシャに尋ねる。

「いや、初心者に絡むこと自体が恥だ。少なくともこのスティンガーの町ではな。大方よそ者だろう」

「なるほどな。よそにはよそのやり方があるってことか……気を付けないとな」

その後は、スティンガーの町にある行きつけの宿の銀月亭に泊まり、俺たちは一晩休んだのだった。人数が多かったので泊まれるか心配だったが、なんとか泊まれてよかった。

翌日、銀月亭を後にして、竜王国に向かう飛龍便に乗るために馬車で王都を目指していた俺たちだったが、その道中でゴブリンの群れに遭遇してしまった。

俺のミスリルソードが敵を切り裂く。ドワーフの国で手に入れた白銀の剣だ。

「ゴブッ」

「ゴブロッ」

馬車の護衛をしている専属の冒険者と協力しながらゴブリンを倒していく。

「なんだか数が多いな」

俺は剣を振りながら、次から次へと現れるゴブリンを見てぼやいた。

「はいぃ」

「です！」

「アタシは物足りないぜ！」

三人娘が元気よく答える。

以前、ダンジョンでコボルトたちに袋叩きにされていた時から成長して、今は危なげなくゴブリンを捌《さば》いていた。

「数だけですね、マスター」

ティファも淡々と応えながら対処している。

「あなた様、このゴブリンたちはどこから来たのでしょうね？」

矢を放ちながら、アルカは暢気《のんき》に質問してきた。

「うむ。どこかに巣穴があるに違いないのじゃ」

ゼフィちゃんが手を庇《ひさし》にして遠くを見回しながら答えると、ミーシャが短剣をしまいながら呟く。

「ふむ。しかし今は竜王国に向かう旅の途中だ。ゴブリンどもを殲滅《せんめつ》している暇はないぞ？　ここは王都の冒険者ギルドに報告して、後は任せよう」

「ウォフ！」

神獣が、秋田犬サイズのままゴブリンの骸《むくろ》の一つに足をかけて、元気に吠えた。

「お前らやるな！」

「俺たちの仕事がなくなっちまうぜ。でもまぁありがとな！」

馬車の護衛をしていた冒険者の二人がそう言って、道の端にゴブリンたちの骸を運んでくれた。

その後も馬車での移動がしばらく続く。

途中で、ゴブリンや小型の狼のモンスターがパラパラと襲ってきたが、最初のゴブリンの襲撃程ではなかった。馬車専属の冒険者たちにあっさりと追い払われていた。

そうやって何日か進むといよいよ王都だ。ちょっと前に来たばかりだけどな。

いつ見ても壮大さを感じさせる王都の威容《いよう》を眺めながら、中に入るための検査の列に並ぶ。

しばらくすると順番が回ってきて、俺たちは冒険者証をそれぞれ見せた。

何の問題もなく門を通過し、馬車が街に入っていく。

噴水のある広場をすぎ、馬車は待合所で停まった。

「ふぅ～」

俺は馬車から降りると伸びをした。バキボキと背筋が鳴る。

「コウヘイ、今日は王都で一泊しよう。その間に飛龍の予約を取るのだ」

そう提案するミーシャに俺は尋ねる。

「おう。どこかいい宿のあてはあるか？」

「うむ。空いていれば良いのだが……」

ミーシャの案内についていき、皆で王都の街を歩く。

アルカたちは物珍しさからあちこちをキョロキョロ見ていた。

つい先日来たばかりなのに、思わず俺も辺りを見回してしまう。

王都はスティンガーの町と違って冒険者の割合が少なく、なんだか小綺麗だ。

はぐれないように気を付けながら、冒険者ギルドに寄り、道中のゴブリンの報告をしてから宿へ向かった。

宿の看板には金月亭《きんづきてい》と書かれてあった。

んん？　どこかで聞き覚えがあるぞ？

首を傾げながら宿に入る。受付も既視感があった。

「あら、ミーシャちゃんじゃない。久しぶりね」

人数分泊まれるか確認しようとすると、受付の妙齢の女性――女将《おかみ》さんがミーシャに声をかける。

知り合いなのか？

「うむ。そちらも息災なようで何よりだ」

ミーシャも親しそうに応えた。赤い尻尾が上機嫌にゆらゆらと揺れている。

「スティンガーの町にまだいるの？　メイは元気かしら？」

「いや、ミーシャは今は森の奥に住んでいてな。しかし、この間も銀月亭に泊まってきた。メイも元気だったぞ」

つい最近泊まってきた銀月亭の様子をミーシャが女将さんに説明する。

「そうなのね、それで何名様かしら？」

「うむ。八名と従魔を三体分見てもらえるか」

「あら、ミーシャちゃんもパーティを組むようになったのね」

女将さんは嬉しそうに言って、人数分の部屋を手配してくれた。

それからミーシャに聞いたところによると、どうやらこの金月亭は、銀月亭の親族の方が運営しているとのことだった。道理でミーシャが親しげなわけだ。

「驚いたな、ほとんど銀月亭と一緒の造りじゃないか」

部屋に案内される途中で、俺は金月亭の中を見回しながら目を丸くした。

「うむ」

いたずらが成功したように、ミーシャがニヤリとしながら返事をする。

部屋の前に着くと、ミーシャが俺を呼び止める。

「部屋に荷物を置いたら飛龍便の確認だな。コウヘイも一度見ておいた方が良いだろう」

「分かった。荷物を下ろしたら呼びに行くよ」

そう伝えてミーシャたちと別れてから、俺はアインと部屋に入った。

抱っこ紐の中のヴェルとアウラを籠に移すと、鎧を脱いでからミーシャを呼びに向かう。

ミーシャの部屋の前まで行き、扉を叩く。

「耕平だ。ミーシャいるか？」

すぐに扉が開き、ミーシャが出てきた。彼女も身軽な格好になっている。

「うむ。では行くか」

そのまま二人で飛龍便の受付をしている場所へ行く。

入り口には飛龍が描かれた看板があった。

「ここで行き先の確認と人数分の予約を入れるのだ」

ミーシャがテキパキと指示してくれたおかげで、スムーズに予約できた。

今回しっかり教わったし、これで次からは一人でも利用できるな。いや、そんな状況はなかなかないとは思うが。

　夕食までまだ時間があるな。

　受付を終えて宿へ向かおうとしたところで、俺はミーシャのピクピクと動く猫耳を見ながらそう思った。

　ミーシャと二人きりというのも、最初に会った時くらいだしな！

　通りに出て、辺りを見回した。何かちょうどいい店はないかな。俺が探している間もミーシャはズンズンと先へ進んでいく。お？　あの店なんていい感じじゃないか？

　少し前を歩くミーシャに追いつき、俺はその手を取った。剣だこのある小さな手だ。女性らしい柔らかな感触と、冒険者として経験を重ねてきた者の硬さの両方が感じられた。

「うむ？　どうしたコウヘイ？」

　いきなり手を掴まれて驚いたのか、ミーシャがキョトンと碧《みどり》の目をこちらに向ける。

「あ、ああ。あそこのカフェで一息入れないか？　せ、せっかく王都に来たんだしなっ」

　俺は少し上ずった声でミーシャを誘った。

「うむ。ちょうどミーシャも喉《のど》が渇いていたところだ。寄っていこう」

　少し頬を上気させて彼女が答える。

　俺が見つけたのは、大通り沿いのオープンカフェだ。

　中に入ると、店員に見通しの良い場所に案内された。

「では、お決まりになりましたら呼んでくださいね」

店員の女性に渡されたメニューをちらりと見ると、ずらずらと料理名が書かれている。だが、さっぱり分からない！　どの単語も聞き慣れないものばかりだ。

「ミーシャはフレッシュジュースを頼もう。コウヘイは決まったか？」

「あ、ああ」

俺はメニューを見つつ、目をグルグルさせながら返事をした。

「は～い！　お決まりですか？」

俺たちの会話を聞いていた店員が、俺たちのテーブルに小走りで近付いてくる。

「うむ。このフレッシュジュースを一つ。コウヘイは？」

メニューを指しながら注文するミーシャに続いて、俺は内心慌てながら、適当にメニューを指し示した。

「お、おう。これとこれをください」

「は～い。かしこまりました～」

女性の店員はニコリと微笑んで、俺たちの席を離れていった。

「ミ、ミーシャとこうしてゆっくりするのも久々だな」

若干の緊張から少したどたどしい喋り方になってしまった。なんせ女の子とデートなんてしたことないからな。

「うむ。最初の頃は二人きりだったがな」

俺がその時のことを思い返していると、頭の上でスライムのルンがミョンミョンと上下運動した。

「ははっ。そういやルンがいるから今も二人っきりじゃないな」

俺は頭の上のルンを一撫でした。

しかしこの店、よくよく見てみたら客が女性ばかりじゃねーか！　他にいるのもカップルだし。

若干場違いだなと感じつつ、俺はこの状況にますます上がってしまう。

「お待たせしました～」

間もなくして、店員が飲み物を運んでくる。

「もう一品はもう少しお待ちくださいね」

ミーシャの前にフレッシュジュースが置かれ、俺の前にはソーサーに載ったカップが置かれた。

俺は疑問符を浮かべながらメニューをもう一度見た。頼んだのは、〝ガッファ〟と書かれたものだ。匂いと見た目はなんだかコーヒーっぽいぞ。カップを手に取って口に運ぶと、まず苦味が先にくる。湯気と一緒に立つ香りは芳潤で独特のものだ。後味はすっきりとしていてほのかに酸味が感じられた。

うん。コーヒーだな、コレ。

「はい～。お待たせしていた残りの品です～」

俺がコーヒーもどきの香りと味を楽しんでいると、頼んでいたもう一品がテーブルに載せられた。見た目はチーズケーキだ。それもワンホールの。テーブルの面積の大半を占有していた。

「これは……すごく、大きいな」

ミーシャが碧の目を丸くして唖然としている。

「あぁ。残りは包んでもらって皆へのお土産にしようか……」

俺はしょぼんと気を落としつつ、ケーキを取り分けながらミーシャに言った。

うん！　これもなかなかいけるじゃないか。

一口食べて、俺は感激した。

表面に焦げ目が入ったチーズケーキはまろやかな口当たりと、ほのかな酸味があり、土台のクッキー生地はサクサクだった。それをコーヒーもどきで流し込む。

なんとなく立ち寄った店だけど、当たりだったな。

俺はカップをすすりながら、ミーシャに尋ねる。

「そういえば、今回は公爵家に寄らなくても大丈夫だよな？」

「うむ。ノーナがいる時に行った方が姉妹も喜ぶだろうしな。また今度で良いだろう」

「分かった。それと……ミーシャの実家の方は寄らなくて大丈夫か？　たまに手紙が来ていたみたいだけど」

「む？　実家か。家は兄上がいるから大丈夫だろう」

ミーシャが遠い目をして言った。

「時間は取れたけど本当に行かなくてよかったのか？」

「うむ。大丈夫だ。問題ない」

キリッとした表情でミーシャが言い切った。

気になることはあるが、あまり無理に聞き出そうとするのも良くないな。

俺はテーブルの上に移動したルンにチーズケーキの切れ端を与えた。

チーズケーキの欠片を体に取り込んだルンがプルプルし始める。突然、体をギュッと螺旋状《らせんじょう》に捻ると、ポンっと元に戻ってふらふらして、べチャリと潰れた。これは美味かったってことなのか？

一切れずつチーズケーキを食べ終えてから、俺たちは店を後にした。チーズケーキの残りは包んでもらった。


金月亭へ戻って皆にお土産を配ると、特にゼフィちゃんが喜んでくれた。

「これは！　……甘露《かんろ》なのじゃ！　妾の国でも作れるようにならなければ！」

チーズケーキを口にして、ぷるぷると震えて感極まるゼフィちゃん。

「叔母上……あまり無理を言ってはなりませんよ？」

アルカがゼフィちゃんのはしゃぎようを見てため息をついた。

「いいや、アルカちゃん！　これは女王命令を使ってでも作らせるのじゃ！」

フォークを握りしめたゼフィちゃんが仁王立ちになり、宣言していた。

一息ついたら、あっという間に夕食の時間になった。

俺はヴェルとアウラを入れた抱っこ紐を体の前にかけ、頭の上にルンを乗せて食堂へ向かう。

ヴェルとアウラは自分の尻尾をあむあむと噛んでいた。腹が減っているみたいだ。

銀月亭そっくりな造りの食堂に入ると、大勢の人で賑わっていた。

「コウヘイ！　こっちだ！」

ミーシャに呼ばれて席へ向かうと、すでに皆が座っていた。どうやら大きめのテーブルを一つ貸し切ってくれたみたいだ。

「待たせたか？」

俺は皆が揃っている席に腰を下ろしながら尋ねる。

「いや、ミーシャたちも来たばかりだ」

気にした様子もなく、ミーシャが答えた。

「皆来たみたいだし、料理の準備をするわね」

そして女将さんが料理を並べ始めた。メニューは豚のソテーのようなものとパンとエールだ。

「今日はファングボアのソテーよ。そいじゃごゆっくり〜」

テーブルに料理を載せると、女将さんはパタパタと戻っていった。

料理の正体は豚じゃなくてファングボアだったか。

さっそくソテーをナイフとフォークで切り分ける。柔らかい！

粉をまぶして焼き上げられているようで、口に運ぶと外はカリッと中はふっくらジューシーな食感だった。上にかけられたマスタードソースのようなものが、いいアクセントになっている。

「美味しいぃですぅ」

「ですです！」

「アタシは好きだぞ！　コレ」

マロンとリィナとエミリーが舌鼓《したつづみ》を打っている。

「うむ。さすがは金月亭と言ったところか」

ミーシャは一つ頷くと、肉を頬張りながら金月亭を褒めた。

「むう。チーズケーキもたまげたものじゃが、こちらの料理も美味なのじゃ。人族の国もあなどれんのう」

むむむ、と唸るゼフィちゃん。隣でアルカも同意している。

「さすがは銀月亭の兄弟店だな」

ソテーを一口齧《かじ》ってパンを食べ、それらをフルーティなエールで流し込む。

最高だな！　これは食事を運ぶ手が早くなるのも必然だ！

自分が料理を楽しみながらも、従魔たちにも食べさせるのを忘れない。

ヴェルとアウラ、ルンそれぞれにも小分けにしたものを与えながら、金月亭での夕食を堪能するのだった。

第四話　ダンジョン封鎖

一晩明けて、俺たちは追加料金を払って頼んだ朝食を済ませてから金月亭を後にし、飛龍便の待合所へと向かった。

「ワクワクぅしますねぇ」

「ですです！」

「飛龍なんて初めて見るぜ！」

三人娘は初めての空の旅に思いを馳せているようだ。

今回は人数が多いので二頭の飛龍に分かれて乗り込むことになった。

俺と三人娘たち、アインで一組、ミーシャとティファ、アルカ、ゼフィちゃんと神獣、それからドライでもう一組だ。

係員がやってきて、俺と三人娘とアインは発着場へ誘導された。移動式のブリッジを登って大きな倉庫程もある飛龍の背中に向かう。乗り込む前に、アインはしばらく深緑の飛龍を見つめていた。

三人娘たちも竜の背に乗ると、物珍しげにペタペタとその鱗を触った。

荷物がしっかりと固定できているかの確認が済み、いよいよ離陸の時。

次々と飛龍たちが飛び立ち、上空で綺麗に並んだ。

下を見ると、あっという間に王都の街並みが小さくなっていた。まるで模型《もけい》だ。

「わぁ、もうぅこんなにぃ高いですぅ」

「ですですー！」

「なんだか尻の辺りがモゾモゾしてきたんだぜ！」

三人娘は浮かれてはしゃいだ声を上げる。

ヴェルが抱っこ紐の中から身を乗り出し、小さな羽をパタパタと振った。

「ははっ。お前もいつか飛べるようになると良いな」

ヴェルのホワホワの頭を撫でながら俺は呟いた。

後続の飛龍たちを王都の上空で待ち、合流してから竜王国に向かうそうだ。

隣の飛龍の背を見ると、ミーシャたちの姿が見えた。

俺が手を振ると向こうも手を振り返してくれた。

合流が終わり、飛龍便が竜王国に向けて飛行する。追い風に乗った飛龍たちは速度を増していた。

景色が後ろに流れていく。

「どうだ？　空の旅は？」

俺は初めて空の旅を経験する三人娘に声をかけた。

「はいぃ。感動ですぅ」

「ですです」

「普通に暮らしていたら飛龍なんて乗れないんだぜ。今回はついてきて良かったな！」

三人娘は興奮気味に言った。

ピィーーーーーーーーーーッ！

順調に移動しているかと思ったその時、甲高い笛の音が突然鳴り響いた。

なんだなんだ!?　俺は周りをキョロキョロと見回す。

先頭にいた操縦者《そうじゅうしゃ》らしき人が手綱《たづな》を持ったまま振り返り、俺たちに注意を促す。

「モンスターです！　やり過ごせれば問題ないのですが、交戦の可能性もあります！　衝撃に備えてください」

モンスターと遭遇したか。いざとなったら迎撃を手伝った方がいいかもな。

こちらの乗組員の中だと、俺とエミリーが遠距離攻撃できるな。

ミーシャの方はティファ、アルカ、ゼフィちゃんが遠距離攻撃要員だ。

進行方向の前方を見ると、何やら黒い点々のようなものが飛んできた。小さな黒い塊の正体はどうやら石礫《いしつぶて》のようだ。多数の石は、飛龍の風のヴェールに阻まれて、後方へと流れていく。

「ガーゴイルだ！」

前方を飛ぶ飛龍の背で誰かが言った。

「ギャッギャッギャッ」

ガーゴイルの群れは、俺たちが乗る飛龍とすれ違うと旋回してそのまま後ろについてきた。

風切り音を発しながら、ガーゴイルたちがまたしても石礫を放つ。

「ギャオオォオォオン！」

「くっ！　そっちじゃない！」

俺たちの乗っている飛龍が急に叫び声を上げたかと思うと、他の飛龍たちと離れていく。

騎長が必死に手綱を操るが飛龍は言うことを聞かず、みるみる高度を落としていった。俺はそれをハラハラしながら見守ることしかできない……やがて俺たちの乗った飛龍は森の中の開けた場所に降り立った。

「ギュルルルルル」

飛龍はそう鳴くと羽を折り畳み、うずくまるようにその身を伏せた。

「どうしたって言うんだ！」

騎長が一生懸命に手綱を引っ張るがうんともすんとも言わない飛龍。

目をつぶったまま、少しも動かない。

疑問に思った俺は、試しにこの飛龍を鑑定することにした。

名前：ワイバーン
説明：コルドゥラ種、妊娠している。

「騎長さん！　この飛龍、お腹に子供がいるみたいだ！」

俺が鑑定結果を騎長に知らせると、アインも横でうんうんと頷いていた。

もしかして最初に飛龍を見つめていた時から、アインは気付いていたのか？

「なんだって!?　それで急に止まったのか……」

騎長は飛龍の背から降りると、顔の前まで行った。

「まさか、お前が親になるとはなぁ……」

感慨深そうにそう言って、騎長は飛龍の鱗を撫でた。

「それで騎長、この後はどうするんだ？」

いまだ優しく飛龍の頭を撫でている騎長が、俺の問いに答える。

「はい。今晩はこれ以上飛ばさせるわけにもいかないので、ここで泊まり、明日竜王国を目指します。もう少しでたどり着く距離ですし、なんとか飛べるかと。副騎長！　野営の準備だ！」

「はいっ」

ひと通り説明を終えると、騎長と副騎長がテキパキと飛龍の背から荷物を降ろし始める。

まぁ、飛龍があの状態なら仕方ない。今日は休もう。

周りを見回せば、森が静かに広がっている。俺たちは飛龍の背から降りた。

地面に足を着けた三人娘が、額の汗を拭いながら口々に言う。

「落ちるのかとぉ思いましたぁ」

「ふぅ、ですです～」

「ドキドキしたんだぜ！」

「お前ら初めての飛龍便だってのに災難だったな。前はこんなトラブルなかったからな」

俺が前回の旅を思い返しながら言うと、マロン、リィナが首を傾げた。

「ドワーフのぉ国の件ですかぁ？」

「です？」

「そっちも行ってみたかったんだぜ！」

エミリーが、俺がお土産に渡したクロスボウを触りながら羨ましそうに言った。

「今度クーデリアにでも言って連れていってもらえないか頼んでみるよ。とりあえず俺たちも野営の準備をしちゃおうか」

そして、本隊とはぐれた俺たちはここで夜を明かしたのだった。

「今日は頼むぞ」


翌朝、騎長が飛龍の鼻面を撫でてそう言っているのが目に入った。

一晩休んだ俺たちは、朝の支度を済ませてから、飛龍に荷物を積み込み背に乗り込んだ。

飛龍が地を蹴り飛び立つと、森の木々があっという間に小さくなり離れていく。

飛龍の調子は落ち着いているみたいだな。

本隊との合流を図るため、俺たちの乗った飛龍は気持ち高度を上げて飛び、追い風を捉えてグングンと速度を増した。

俺はその様子に安堵《あんど》しながら、ヴェルたちをそっと撫でた。

まだ朝早い時間ということもあり、二匹はすやすやと寝ていた。

手のひらに持った進路計の針を見ながら騎長が手綱を取る。

ミーシャたちの方は大丈夫だっただろうか。

俺がそんなことを考えている間も飛龍は飛び続ける。

……やがて前方のやや高度を下げた辺りに飛龍の群れを発見した。

本隊だ。俺たちの飛龍がそこに合流すると、騎長はふぅと一息ついた。

俺は隣の飛龍を見やり、ミーシャたちを見つける。手を振ってこちらの無事を伝えたら、あちらも手を振り返してくれた。向こうは心配なさそうだ。

「やっとぉ合流ぅできましたぁ」

「ですです」

「皆も無事みたいなんだぜ」

三人娘がそれぞれほっとした面持ちで呟く。そこで、俺もようやく一息ついたのだった。


その後はトラブルなく、俺たちは竜王国の上空までやってきた。

王国とは言うが木々が多く、アルカたちがいた神樹の森と少し近い雰囲気だ。森は広大な緑の絨《じゅう》毯《たん》のように広がり、大地を覆いつくしている。生い茂った木々は互いに枝を絡ませているかのように見えた。俺たちの国やドワーフの国とは違う印象を受けた。

神樹の森みたいなバカでかい木が生えているわけじゃないが、様々な木があちこちに乱立している。

俺が地上を見下ろしていると、抱っこ紐の中のヴェルとアウラがもぞもぞと動いた。

「クルルゥ」

「キュアッ」

野生の勘で何かを感じ取ったのだろうか？

二匹をポンポンとあやしていると、竜王国の王都の真上に到着した。緑が多い大地にぽっかりとそこだけ切り取られたように造られている。巨大な円盤のような形をしていて、周囲の森との対比が美しかった。

俺たちは飛龍に乗ったまましばらくそこで旋回を続けた。案内待ちみたいだ。手旗信号のようなもので誘導されて、地上へ着陸する。発着場へ到着して止まったところで、係員たちがせわしなく動いてパタパタと荷物を降ろしていった。

俺が飛龍を降りると、騎長が声をかけてきた。

「ご迷惑をおかけしました。コイツはしばらく休ませます」

騎長が飛龍の足をポンポンとしてから頭を下げる。

「はい。元気な子が生まれるといいですね」

俺は騎長にそう答えて、その場を後にしたのだった。

あとから聞いた話によると、飛龍は妊娠したら安全な場所で卵を産み落とし、子供を育てるそうだ。妊娠してから卵を産むまでの飛龍を見分けるのは難しいため、今回のような事態が起きたとのことだった。


「ふぃ～。一時はどうなることかと思ったけど、何とか無事に着いたな」

俺は腰に手を当てて伸びをしながらぼやいた。ルンも頭の上で体を伸ばす。

「はいぃ」

「です」

「他の国に来るなんて初めてなんだぜ」

はしゃぐ三人娘を連れて待合所へ向かうと、ミーシャたちが待っていた。

「む、コウヘイ。大丈夫だったか」

「マスター。無事にお戻りで何よりです」

「コウヘイたちだけ逸れていくから心配だったのじゃ」

「あなた様。何か問題があったのですか？」

ミーシャ、ティファ、ゼフィちゃん、アルカがそれぞれ心配そうに声をかけてくる。

「ウォフ？」

神獣も秋田犬サイズのまま首を傾げていた。

「うん。俺たちの乗った飛龍が実は妊娠していてな。交戦を嫌がったみたいで避難したんだ」

俺は離脱した飛龍の説明をした。

「うむ。母の愛だな」

ミーシャが赤毛の尻尾を揺らしながら、うんうんと頷く。

「でもぉ、マロンたちはぁ大変でしたぁ」

「ですです」

「アタシは少し楽しかったけどな！」

マロンとリィナがぼやく横で、エミリーは上機嫌に言った。

「みんなで無事に到着できて良かったよ。それで、まずはギルドに向かえばいいのかな？」

俺はこれからのことを考えながら、辺りを見回した。

「うむ。まずは情報を集めないとな。泊まる場所も探さないと」

ミーシャが腕を組んで答える。

「マスター、ダンジョンの情報を集めましょう」

ティファはいつものごとく、ほぼ無表情のまま提案してきた。

「違う国はワクワクするのじゃ」

「叔母上、あまりはしゃいでは皆さんの迷惑になりますよ？」

ゼフィちゃんは浮かれているようだな。アルカがゼフィちゃんを諫《いさ》めていた。

とりあえず話はまとまり、皆で冒険者ギルドを目指すことにした。発着場にいた係員の人に冒険者ギルドの場所を聞き、言われた場所へ移動する。変わった造りの街並みをキョロキョロと見回しながら、俺たちは冒険者ギルドへ歩いていった。


人でごった返す大通りの中に冒険者ギルドはあった。

ここも西部劇で見たことあるような両開きの入り口だ。

「冒険者ギルドだけはどの国も変わらないんだな。逆に浮いているくらいだ」

「うむ。冒険者がどこへ行ってもひと目見て分かるようにしているらしいぞ」

俺はミーシャの説明に納得しながら冒険者ギルドに入った。

中はそれなりに人がいて少し混んでいた。俺たちは、その中の空いてそうな列を選んで皆で並んだ。

「うぬ。人がたくさんいるのじゃ」

背の低いゼフィちゃんが辟易《へきえき》した面持ちでぼやいた。

「はい、叔母上。酔わないでくださいね」

「これくらい大丈夫じゃ！　コウヘイ、アルカちゃんが酷いのじゃ」

俺はヨヨヨと嘘泣きするゼフィちゃんを宥めつつ、ぐるりと辺りを見回す。

へえ、竜人って初めて見たけどこんな感じなんだな。

見ると、ほとんど普通の人間と一緒だが、頭に角を生やし、竜の尻尾がついている。種族の特徴である角はそれぞれ個性的で、一人一人違って見えた。一族ごとに特徴があるのかな？　体の一部には鱗が生えていて、人によっては顔にも鱗があった。

「はあぁ、竜人さんはぁ強そうですぅ」

「ですです」

「アタシらくらいの歳の奴は全然見かけないな！」

竜人の冒険者たちを見て、三人娘もそれぞれ感想を漏らした。

やいのやいのと喋っていると、冒険者ギルドに誰か入ってきた。

俺が何気なく視線を向けると、逆光の中に角のようなものがついた人影が見えた。

「おいおい、いつからこの王都のギルドは保育所になったのだ？」

このセリフ、前にもどこかのギルドで聞いたな、とぼんやり思ったが、その言葉は右から左に流れていた。

それよりも俺は、その女性から目が離せなくなってしまった。

「……た、小鳥遊《たかなし》!?」

そう、そいつは元いた世界での俺の後輩、小鳥遊夏海《なつみ》と瓜二つだったのだ。この世界にいるはずがないのだが、俺はその小鳥遊にそっくりな少女を思わず凝視してしまう。

「保育所って言ったってアイツらと姫さん、そう歳は変わらねえぞ?」

取り巻きだろうか? 近くのテーブルに座っていた冒険者がその少女に言う。

「むむ。たしかにそうか。しかし女だらけのパーティとはな。しかも男は赤子を抱えているではないか」

小鳥遊に似ている少女が俺の方を向いて、フフンと鼻を鳴らす。おっと、今回は最初から俺が標的のようだ。しかし、よく見れば見る程俺の後輩にそっくりだ。

髪の色は美しいピンクで、瞳は宝石のようなオレンジ色。柔らかく華やかな笑みを湛えた蕾《つぼみ》のような唇《くちびる》、整った容貌を一層引き立てるよく通った鼻筋までしっかり似ていた。小鳥遊がコスプレしたらこんな感じだろうと思わせる程だ。

俺は彼女の種族の特徴である角と尻尾を見ながら放心してしまう。

「……」

びっくりしてじっと見つめてしまう俺を、ミーシャたちは無言で眺めていた。

「フフン、まあいい。今はスタンピードの対処が先だ。受付嬢! どうなっている!?」

その少女は俺たちから目を逸らし、受付に尋ねた。

「はい、姫様。いまは小康状態といえますね。散発的に群れがやってきている状況です」

受付嬢の一人が少女の問いに答える。

「むむ。早いところ収束させてダンジョンへ行きたいものだ。今は入れないからな」

少女が腕を組んで、唸りながら独り言を言った。

なんだって⁉　せっかく遠路はるばる来たのにダンジョンに入れないとなると、コアからの救援依頼を果たせないな……姫と呼ばれるその少女は、用事が済んだのか踵《きびす》を返す。

その時俺たちの方をちらりと見てフンと鼻で笑い飛ばしていった。

「どうする。ダンジョンに入れないみたいだが……」

俺は皆に声をかける。

「うむ。困ったな」

ミーシャが猫耳を伏せて難しい顔をした。

ティファもいつも通り無表情だが、どこか焦りが滲《にじ》んでいるような気がする。

そこで、アルカが眉を顰《ひそ》めながら提案する。

「あなた様、これはスタンピードを先に解決した方がいいかもしれませんね」

「はいぃ、そうかもぉですぅ」

「です？」

「よく分からないんだぜ！」

マロンが考え込みつつ賛同する横で、リィナとエミリーは不思議そうな顔をしていた。話が見えていないらしい。

うーむ。ひとまず受付で話を聞いてから決めるか。並んでいた列が進み、俺たちの番が回ってきた。さっそく話を伺うと、やはり姫と呼ばれた少女が言っていた通り、ダンジョンは現在封鎖《ふうさ》しているとのことだった。

冒険者たちはスタンピードを収束させるべく、総じて前線に投入されているそうだ。たしかに、ダンジョンどころではない。

こりゃあ俺たちもスタンピードの方に行くことを考えないといかんかもな。

帰る間際、受付にオススメの宿屋を聞いてから冒険者ギルドを後にする。説明された大きい通りの道を歩き、宿屋へたどり着くと、看板には〝飛龍の集い〟と書かれていた。

宿にチェックインし、各々部屋に荷物を降ろしてから、俺たちはロビーに集まる。ヴェルとアウラは霧夢の腕輪から出した籠の中に置いてきた。

「さて、これからどうしようか？」

俺の問いにミーシャ、ティファ、ゼフィちゃんが答える。

「うむ。ミーシャたちもスタンピード戦に参加するか？」

「マスター、それが良いと思います」

「あまりゴチャゴチャ考えるのは好かんのじゃ。スパッと決めるのじゃ」

ミーシャ、ティファ、ゼフィちゃんは乗り気のようだ。

「あなた様、どう動くにしても私はついていきます」

「ウォフッ」

アルカと神獣は決定に従う、ということろか。

「マロンもぉ、ついてぇいきますぅ」

「ですです」

「スタンピードってやつは初めてだな！」

三人娘もアルカと似たような考えみたいだ。

「……そうか。俺はスタンピード戦に参加しようと思う」

俺は皆の顔を見回しながら答えた。

「うむ。良いのではないか？」

ミーシャが頷く。

「うむうむ。それでこそコウヘイなのじゃ」

ゼフィちゃんが腕を組んで得意そうに言った。

「そうと決まりましたら、すぐにでも戦支度《いくさじたく》をせねばなりませんね、あなた様」

手をポンッと叩いて、アルカが俺を見た。

全員の賛同を無事得たところで、俺たちは雑貨屋などをまわって下準備をした。

それから冒険者ギルドに再び向かい、受付でスタンピードに参加する旨を告げる。

「はい、受理しました。スタンピードと戦う際は冒険者の等級ごとに分かれてもらいますが大丈夫ですか？」

メガネに手を添えながら聞いてくる受付嬢。

む、そうなのか。ということは、この全員で一緒に行動するのは無理か。

「うむ。問題ないぞ」

ミーシャが事もなげに受付に返事をした。

「マロンたちはぁ、最近鉄級にぃなりましたぁ」

「ですです」

「やっとあがったんだぜ！」

三人娘が突然驚きの発表をした。

皆得意そうだが、俺は初耳だった。

「なんだって⁉　俺たちにも教えてくれよ。お祝いせにゃならんだろう？」

衝撃のあまり、声が少し大きくなってしまった。

「お祝いぃですかぁ」

「です？」

「お、宴会なら嬉しいんだぜ！」

マロンとリィナが首を傾げる中、エミリーだけは上機嫌だ。

「ああ、俺も等級が上がった時はミーシャに祝ってもらったからな。今夜にでもやろうか」

ミーシャにスティンガーの町で祝ってもらったことを思い出しながら、宴会を提案した。

「わぁ、嬉しいですぅ」

「ですです！」

「たくさん食うんだぜ！」

三人とも俺の言葉を聞いて嬉しそうに顔を綻ばせる。

宴会はさておき、これで俺と三人娘が鉄級で一緒になるな。アルカとゼフィちゃんは登録したばかりで青銅級なので、ティファと一緒だな。ミーシャが銀級で一人になっちまうが、本人に気にする様子はなさそうだった。

「それでは明日からの参加でよろしいですね？」

メガネをかけた受付嬢が聞いてくる。

「はい、それでお願いします」

俺が代表して答えた。すると、横から声をかけられる。

「おいおい、誰かと思ったら坊主じゃねえか。あの時は悪かったな」

「お、ほんとだ。久しぶりだな」

どこかで見たことのあるおっさん二人組だ。

「……えっと？」

記憶の海からなんとか思い出そうとするが、なかなか難航していた。

「オレだよオレ。ナッシュだ」

「ガイアだ。まさかオレたちを宿で簀巻《すま》きにしたのを忘れたわけじゃあるまいな？」

ああ！　思い出した！　俺の鉄級冒険者のお祝いの時に、宿で暴れていた奴らだ。

「坊主たちもスタンピード騒ぎを聞きつけて竜王国に稼ぎに来たのか。オレたちも頑張らないとな！」

「そうだな。オレこの戦いが終わったら故郷の幼馴染と結婚するんだ」

なんだかフラグっぽいことをガイアのおっさんが言っているが、大丈夫か？　この人たち……


ナッシュとガイアのおっさんたちを見送った俺たちは、宿へ戻った。

今夜は三人娘のお祝いをすることになったからな。

宿の主人と相談して宴会の席を設けてもらい、俺たちはその日の夜を迎えた。

「こんなぁ宴会をぉ用意してぇもらってぇ、マロンはぁうれしいですぅ」

「ですですー！」

「ははは！　酒がうまいんだぜ！」

主役の三人娘は上機嫌で料理に手を付けている。

「ああ、おまえらしっかり食えよ？」

俺はなんだか微笑ましい気分で彼女たちを見つめた。

「うむ。いつの間にか鉄級に上がっていたとはな。お祝いが遅れて済まなかった」

ミーシャが若干申し訳なさそうに言う。

「マスター、この揚げ物が美味しいですよ」

ティファはいつもと変わらぬテンションで料理に手を伸ばしていた。

「むむむ。この料理の数々、人族もあなどれんのじゃ」

「叔母上、ちゃんとよく噛んで食べるのですよ？」

唸るゼフィちゃんにアルカがそう言い聞かせる。これもなんだか見慣れてきたな。

「大体、いつ頃昇級していたんだ？」

俺は疑問に思って三人娘に問いかける。

「えっとぉ、コウヘイさんたちがぁドワーフの国にぃ行っているぅときですぅ」

「ですです」

「ウチにはアレが置いてあるからな！　たまに三人でスティンガーの町に行っていたんだぜ！」

なるほど、たしかに転移石を使えばすぐだもんな。

それでスティンガーのダンジョンに通っていた、と。

なかなか強《したた》かな三人娘に感心しつつ、俺はヴェルとアウラ、ルンに食べ物を分け与えた。その日の宴会は邪魔者が入ることなく、終始楽しい雰囲気だった。

第五話　スタンピード

朝の健《すこ》やかな青空が広がる中、朝食を済ませた俺たちは戦支度をして冒険者ギルドへ向かった。

ヴェルとアウラは連れていくか迷ったが、抱っこ紐の中に入れて一緒に行くことにした。俺の頭の上にはルンが乗り、ミョンミョン伸び縮みしている。

朝の冒険者ギルドは、昨日とは打って変わり混み合っていた。

何とか受付を済ませてから、等級ごとに分かれて前線への移動を開始する。飛龍に乗って空から見た時は平和そうに見えたが、蓋《ふた》を開ければかなり緊迫しているみたいだな。

「ミーシャ、アインを連れていってくれ。アイン、ミーシャを頼んだぞ」

俺はアインの肩を叩きながら、大地の力を流し込んだ。ポワンッとアインが淡く光る。

「うむ。コウヘイたちも気を付けてな」

アインを従えたミーシャが俺たちに注意を促し、銀級の持ち場へと向かった。

その後、ティファ、アルカとゼフィちゃんたちとも別れて、俺と三人娘は鉄級の持ち場へ向かう。


街の外へ出て前線基地のある場所へ行くと、テントが並ぶその場所はなんだか祭りのような雰囲気だった。

一際大きいテントに案内されて中に入ると、大きな竜人が窮屈そうに執務机に座っていた。

「おう！　よく来たな！　ひよっこども！」

竜人の男は俺たちに気付き、脇にある地図の前に立った。立ち上がると威圧感が半端ない。鋭い眼光が俺たち射抜く。

「俺の名前はルドルフだ！　まぁ俺のことなんて覚えても覚えなくてもいいが、コレだけは覚えておけ！　俺たちの後ろに敵を行かせるな！　以上！」

壁に掛かっている地図を叩きながら、ルドルフさんが言った。

挨拶を済ませた俺たちは見張り場へ配置されることになった。ここで敵を迎え撃つらしい。

「なんだかあまり悲愴《ひそう》感がないな」

想像していた雰囲気と違い、俺は幾分拍子抜けした。

「はいぃ。お祭りぃみたいですぅ」

「です」

「アタシは嫌いじゃないぞ！　この感じ」

三人娘も気後《おく》れしておらず、やる気に満ちている。

「ミーシャたちはどうしてるかねぇ」

俺は他の等級の持ち場へと向かったみんなのことを考える。

「ミーシャさんはぁ銀級ですからぁきっとぉ大丈夫ですぅ」

「ですです！」

「アタシも早く等級を上げたいんだぜ！」

まぁ三人の言う通りか。それより俺たちはこっちに集中しないとな。

俺がドライをポンポンと叩きながら大地の力を流していると、パラパラとゴブリンがやってきた。

見張り場に置いてあった弓矢をマロンとリィナが手に取って構える。エミリーはすでにクロスボウで一射目を放っていた。

俺も炎の魔術で応戦しようと、ファイヤーアローをゴブリンの眉間に狙いをつけて放つ。

「ゴブッ」

バタバタとゴブリンたちが倒れていく。

しばらく遠距離でゴブリンどもを撃ち倒していると、パタリと襲撃がやんだ。

陣の後方から荷車を引いた冒険者たちが現れ、ゴブリンたちの骸を回収していく。矢の回収も行っているようだ。しっかり分業していて、テキパキと片付けが進んでいく。

「おい、あんた。火の魔法を使っていたな。魔法使いはこっちを手伝ってくれ」

俺は後方から来た冒険者から呼ばれた。

冒険者についていく前に、俺は三人娘の方を振り返る。

「お前たちだけで大丈夫か？」

「はいぃ、お任せをぉ」

「ですですー」

「大丈夫なんだぜ！　あんちゃんこそ気を付けてな！」

元気よく答えるマロン、リィナ、エミリー。

先程の様子を見る限り、ここは任せても問題なさそうだ。

「一応、ドライを置いていくから何かあったら守ってもらってくれ」

頷くドライを一瞥して、俺は呼ばれた方へ向かった。

それと同時に、ルンが俺の頭の上から降りて三人娘の方にぴょんぴょん跳ねていった。

「ルン！　マロンたちを頼むな！」

俺は三人娘の方に跳ねていくルンに声をかけながら、歩を進めた。

案内された場所には地面に大きな穴が空いており、ゴブリンの骸が積まれていた。

「ここにゴブリンどもの死体をまとめているんだが、これらを焼いてくれないか？　鉄級は魔法を使える者が少なくてな。手が足りていないんだ」

荷車を引いていた冒険者が俺に説明しながら、荷のゴブリンの骸を穴に放り込んでいった。

たしかに俺の他に魔法を使う奴は見当たらないな。別の場所にいるのかな？

「分かった」

俺は炎の魔術を使ってゴブリンの骸に火をつける。

しかし、これ量が多いな……火の魔術だけだと埒《らち》が明かないぞ。

俺は辺りで誰も見ていないのを確認してから、地面に手をつき下の方のゴブリンの骸を大地の力で粉砕して土と混ぜていった。

よし、一気に片付いたな。

みるみる内に嵩《かさ》が減っていったので、上の方に火の魔術を放った。

辺りには肉の焼ける嫌な臭いが立ち込める。

「クルルゥ」

「キュアッ」

抱っこ紐の中でヴェルとアウラが身を捩《よじ》った。

臭いのだろうか。二匹とも鼻がいいからな。

作業を続けていると、ゴブリンの骸が荷車によってまた運ばれてきた。俺は人が見ていない隙を見計らって下の方を大地の力で粉砕。上の方に火をつけるという仕事を繰り返した。

なんか想像していたのと違うな。スタンピードの対応ってもっと殺伐《さつばつ》としているのかと思ったけど、まぁいいか。今はヴェルとアウラを抱えていて、動きづらいしな。

俺はその後も延々とゴブリンの骸を処理するのだった。

◆　◆　◆

薄暗い影が広がる森の奥深く、私――ミーシャは銀級の冒険者たちと一緒に行動していた。

木々の枝の隙間から、光が途切れ途切れに差し込んでくる。

森の中に、ドウッと倒れ伏す音が響く。

「ふぅ」

ちょうど私たちはオークの一体を屠《ほふ》ったところだ。

一息ついてから、手早くオークの胸から魔石を抜き取り、収納袋の中に入れる。

私の動きを見て、大剣を背負った竜人の少女が感嘆の声を上げる。

「お前、なかなかやるじゃないか。ギルドで見た時は見掛け倒しだと思ったが……」

そう言うのは、先日ギルドで見かけた姫と呼ばれていた人物だ。

私の腕前に感心したのだろうか、最初に会った時より態度が軟化《なんか》していた。

「ミーシャだ」

私は軽く自己紹介をした。

「む。そういえばまだ名乗っていなかったな。我はガーベラと言う」

「うむ、ガーベラ。よろしく頼む」

挨拶を済ませ、私たちはさらに森の奥へと進む。

ゴブリン、オーク、オーガで構成された今回のスタンピードは、それぞれの種族にキングがいる。

そこで、銅級のチームがゴブリンキングを、銀級がオークキング、金級がオーガキングを倒すことになった。つまり私たちの標的はオークキングだ。

本拠地が判明したという知らせもあったので、その拠点を目指して探索しているのだった。森の中を進むと、敵の歩哨《ほしょう》らしきオークの姿がポツポツ目に入る。

「っし！」

ドンッ！　ガーベラの振るう大剣が水平に放たれ、オークの腰を両断し衝撃を放った。

ガーベラは倒れたオークにオレンジの瞳を向けた。残心をとってから、サッとその場から下がる。

「そちらこそやるな」

私はガーベラを碧の瞳で見ながら褒める。

「ただのオーク程度では話にならん」

フンッと鼻を鳴らして大剣を肩に担ぎ上げるガーベラ。

「いやいや、姫さん。姫さんの歳でそれだけできれば言うことねえですぜ。なぁ？」

「だな」

周りにいた銀級冒険者のおっさんたちがガーベラを褒める。

「まぁ肩慣らしにはちょうど良いか」

不承不承《ふしょうぶしょう》といった様子でガーベラが納得する。鮮やかなピンクの髪が揺れた。

その後も、冒険者たちが森の中を静かに進むと、程なくしてポッカリと森の開けた空間の前に出た。視線の先には洞窟《どうくつ》のようなものがあり、入り口の両脇をオークの兵が固めている。

「こんなところに洞窟なんてあったか？」

「見張りがいやがるぜ」

「どうする？」

オークの死角となる木の陰で冒険者たちがヒソヒソと相談を始めた。

「見張りの片方はミーシャが受け持とう」

一歩前に出て、私は静かに言った。

「じゃあもう片方は俺の弓で仕留める」

瞳をギラつかせた一人の冒険者がボソリと言った。ものの数秒で攻める方針が固まった。

「アインはここで待っていてくれ」

私はアインを待機させせて、冒険者たちの一団から離れる。森を迂回してオークの側面を狙える場所に息を潜めて立った。

その瞬間——

「ブッ」

見張りのオークの一頭に矢が刺さった。

ここだ。

「シッ」

私はもう一方のオークに空歩《くうほ》で近付き、その延髄《えんずい》に一撃入れた。

攻撃が急所に入ったオークが倒れ込んだのを見て、私はその敵を抱えるようにして地面に寝かせた。

オークが両方とも倒れたのを確認して合図すると、木々の陰から音もなく冒険者たちが姿を現す。

「うまくいったな」

「さて、中はどうなっているやら」

冒険者たちが小声で話す。

「では、行くか」

リーダー格の男の一言で、冒険者たちは洞窟の中へと入った。私も置いていかれないようにアインを連れてその後に続いた。

洞窟の中は薄暗くジメジメとしていた。だが、中にいるのがオークだからか、その巨体に合わせてかなり広い。

松明の頼りない明かりに照らされる中、私たちが洞窟を進んでいくと広間のようなスペースを見つけた。

広間には篝火《かがりび》がいくつも設けられ、オークたちが何やら飲み食いしている。

「宴会でもしていやがるのか？　アイツら……」

「ここで乱戦はあまりしたくないな」

「明かりがあるのはありがたいが……」

冒険者たちが広間の様子を見ながらコソコソと相談する。

「しっ。入り口の方から足音が聞こえる」

私は誰かの気配を察して、皆の会話を遮《さえぎ》る。

冒険者たちが苦虫を噛み潰したような表情をしながら、さらに声のボリュームを落として話し合う。

「くそ。外に出ていた奴らが戻ってきたのか。これは打って出るしかないな」

「挟み撃ちはごめんだぜ」

「途中でやりすごせる場所はなかったよな？」

面倒なことになりそうな雰囲気だ。

そこで、ガーベラが口を開いた。

「外から来るものは、我が後ろで持ちこたえる。その間に広間のオークは任せた」

ガーベラが殿《しんがり》に名乗りを上げた。

「姫さん。後ろは頼んだ」

リーダー格の冒険者がガーベラにそう言って、他の冒険者と一緒に広間に躍り出た。奇襲だ。

冒険者たちは、広間に犇《ひし》めき合うオークたちを手当たり次第に斬り伏せていった。先程まで和気あいあいと飲み食いしていたオークたちは慌てており、広間が一瞬にして戦場に変わった。

私とアインも後れを取らないようについていき、殲滅戦に加わる。

ズドンッ！　アインが私の前に出てオークを真横に吹っ飛ばす。そのオークを空歩で追いかけ、私はトドメを刺した。

カンッ！　私を狙った矢をアインが盾で遮る。

「悪い！　そっちに流れた！」

私に向けて、冒険者が叫んだ。

「ガヴッ！」

男の言う通り、オークが一匹吠えながら向かってくるのが見えたが、アインがすかさず前に出て右のストレートを顔面に決めた。

アインにノックアウトされて膝をついたオークの首筋に私が刃を入れる。

ザシュッ！　剣が閃《ひらめ》き、鋭い一撃が決まる。

「これは埒が明かない、ぜっ！」

ドガッ！　隣の冒険者がオークに前蹴りを食らわせながら愚痴《ぐち》をこぼす。

ズドォン！　こちらに飛ばされてきたオークをアインが殴り飛ばした。

最初のうちはこちらが優勢で始まった乱戦だったが、徐々に敵が持ちこたえ始めた。盾を持ったオークたちが防御の体制を整え出したのだ。

「クソっ。アイツら隊列を組み始めやがった！」

弓持ちの冒険者が、前列に並ぶ盾を持ったオークを狙うが、その盾で素早くガードされてしまった。

「ガアァァァァァァァァァァッ！」

広間の入り口の方からガーベラの声が響く。

後ろは大丈夫なのか？　と疑問に思って、私は入り口の方に目を向けた。

そこにいたのは、竜の羽を生やし、牙も伸びたガーベラの姿。

話に聞いたことがある。竜人の竜化だ。私はすぐに理解した。

叫び声を上げているガーベラの腕や足は鱗に覆われており、瞳孔も爬虫類《はちゅうるい》のようなものに変わっていた。

竜化すると戦闘能力は飛躍的に上がるが、竜人の中でもこれは限られた人しかなし得ないものだ。

だが、ガーベラは私とそう変わらない歳でこの技を会得しているのか。私は衝撃を受けた。

ガーベラは、竜の鱗に覆われた腕で大剣を握りしめる。

「つだっしゃあぁぁぁぁぁぁぁぁぁ！」

ガーベラが大剣をブンブンと振り回すと、ドパン！　と、オークたちがひき肉にされていく。

壁に衝突して何かが爆《は》ぜていく音がしばらく続いた。鎧袖一触《がいしゅういっしょく》だ。

私もその攻防を見て奮起した。負けじとオークたちに刃を突き立てていく。

アインが道を切り開き、私が体勢を崩しているオークたちに斬りかかる。

ドンッ！　ギャリッ！

オークの盾とアインの盾が激しくぶつかった。風切り音とともに矢が放たれ、オークの首筋に吸い込まれていく。

弓持ちの冒険者が援護してくれたようだ。

弓の攻撃を受けて盾持ちのオークが怯《ひる》んだ瞬間を逃さず、アインが盾を押し込んだ。よろけるオーク目がけて、私は走り出す。

「シッ」

空歩を駆使して、オークの急所を狙った。

盾持ちの数は減ったが、それでもまだまだ敵の防御は固い。この中心に、オークキングが控えているようだ。

敵の防御の後ろから魔法が飛んできた。

「くそ！　アイツら態勢を整え終わったか！」

「いったん撤退しようにも、今の状況じゃ引けないぞ！」

「後ろか前を片付けるしかないだろう」

冒険者たちが、オークを捌きながらサッと相談する。

「っだりゃあぁぁぁぁぁぁぁぁぁぁぁぁぁぁ！」

ドズン！　ドパン！　ズドォン！

ガーベラはまだ広間の入り口で大立ち回りを続けている。

次々にオークたちをひき肉に変えていた。

入り口の周りにオークの骸が積み重なっていく。

たまにガーベラが足蹴にして、入り口が塞がらないようにスペースを作っているが、オークが積み上がるペースの方が早い。

私はちらりとガーベラを確認すると向き直った。

こちらも仕事を果たさねば。

冒険者たちは相手の盾使いに阻まれ、なかなか攻めきれない。アインがなんとか敵の堅固な防御を崩しているような状況だ。

こんな時にコウヘイがいてくれたら。

コウヘイならばきっといつものように何かの打開策を思いつき実行するのだろう。

今までピンチに陥った時、きっかけを作ってくれたのはコウヘイだ。あの平凡そうな顔で、何も気負わない様子で難なくやり遂げるに違いない。

今は自分たちで何とかするしかないのだが、果たして私で対処できるのか。

ズガァン！　アインが盾を構えながらオークに体当たりを仕掛ける。

「シッ」

アインのシールドバッシュに耐えきれなかったオークを斬りつける。

む。いかんな。こんな時に考え事は。まずは目の前の敵を倒すところからだ。

私は溶岩水竜の短剣を振るって敵の群れの方を向いた。

ひとまずはこの状況を打破しなければなるまい。

私はアインの後ろで剣を構えながら、そう思うのだった。

第六話　暴走する王

俺――杉浦耕平は、数えきれない程のゴブリンの死体をその後も焼き続けていた。

俺の目の前の大きな穴からは、肉の焼ける臭いが漂い、ぷすぷすと煙が立ち込めている。

「大変だ！　上級冒険者の一角が崩れたらしい！」

冒険者の若者が駆けながら叫んでいるのが、俺の耳に入った。

なんだって⁉　ミーシャたちは大丈夫なのか？

気が気でない様子でその報告を聞いていると、そこへ神獣に跨ったアルカとゼフィちゃん、ティファがやってきた。

「あなた様。救援要請です。魔法に長《た》けた者は集まるように、と」

「うむ。コウヘイの魔術が必要かもなのじゃ」

「マスター、出番です」

「そうか。分かった」

伏せをした神獣の背に俺が乗り込むと、そのまま駆け出した。

ふわふわな白い毛並みだ。景色が後ろに流れる。かなりの速さが出ているはずだが、風の抵抗は感じられない。神獣の加護だろうか？

人が集まっている場所へたどり着くと、その中には竜人のルドルフさんの姿もあった。

「おお、来たか！　これで大体揃ったな！　俺たちは今から金級の援護に向かう。なんせ頭数が少ないからな！　陣を突破されるかもしれないみたいだ」

ルドルフさんが大声で現状を説明する。

なんだ、金級の手助けか。ミーシャのところかと思ったぜ。

ミーシャの方は安全かと思い、俺はホッと一息ついた。

集まった皆でルドルフさんの後についていき移動を始める。

もしかしたら長丁場になるかもしれんな。

ヴェルとアウラを撫でながら周りを見回していると、程なくして金級の受け持つ場所に到着した。


「ガアァッ」

二メートルを超えるような濁《にご》った緑色の大男——オーガが雄叫びを上げていた。

そのオーガと相対しているのは、片手剣と盾を装備した冒険者だ。

二本の角が生えたオーガを、ゴブリンを屠るようにいとも簡単に切り捨てている。

「お、来た来た。人数が足らなくてなぁ。さっきから引っ切りなしに敵が増えてきて、ろくに休憩も取れていないんだ」

俺は金級らしき冒険者をまじまじと観察する。

「君たちは遠距離からオーガを足止めしてくれると助かる。後は俺たちで片をつける」

片手剣を持った冒険者から俺たちは説明を受ける。

なるほど？　遠くからオーガを足止めする簡単なお仕事ですってか？

ひとまずベテランの言うことに従い俺たちは配置についた。

森の奥から次々とオーガたちが押し寄せてきた。オーガは本来群れる種族ではないのだが、こうして群れで来るところを見るとスタンピードだから、ということなのだろう。

「ガアッ」

「グルルル」

「ギャガッ」

続々と木々の間から大きなオーガたちが姿を現す。

手始めに俺は氷の魔術で足を狙った。パキパキと音を立ててオーガの足元が凍りつく。

「ウガッ!?」

慌てるオーガの一匹を尻目に、他のオーガの足元も次々と凍らせていった。

「よしよしよーし」

足を固められたオーガを金級の冒険者が屠っていく。

ゼフィちゃんは精霊魔法でマリンちゃんを呼び出し、オーガの口周りに水を発生させているようだ。アルカは大地の剛弓《ごうきゅう》で魔力を込めた矢を放って援護している。

ティファも氷の魔術を使っており、各々足止めに徹していた。

俺は活躍する皆の様子を確認してから、前へ向き直った。

ズン！　ドスン！　バキバキ！

オーガの群れが、森の奥からさらに連続してやってくる。

俺は目に映るオーガの足を、手当たり次第に凍らせていった。

「いいねぇ～。効率が段違いだぜっ」

金級の冒険者が上機嫌でそう言いながら、次々とオーガの首を刈《か》っていく。

その後も、俺たちはろくに休憩も取らずに、オーガの襲撃を迎え撃った。

「コレは本当にキリがないな」

俺は氷の魔術を放ちながらぼやく。

なんせ途切れないもんだから、回収する余裕がないまま倒したオーガの骸もどんどん積み重なっていくのだ。そんな時だ。

間もなく日が沈む頃合いの中、空から何かが落ちてきた。

ヒューーーーーーッ、ズドオオオオオオオオオオン！

遠くから風を切る音が聞こえたと思ったら、俺たちの前の空間が大きく振動した。

両腕を叩きつけるようにして、上空からこれまでのオーガより一回り以上大きいオーガが上空から降ってきたのだ。

俺が異世界に飛ばされて来た時も衝撃で地面にクレーターを作ってしまったが、このオーガも同じように落下地点にクレーターを作ってオーガの骸を吹き飛ばした。他のオーガと違い、赤い肌で金色の双眸を持っている。異なる雰囲気を察して、俺は鑑定した。

名前：オーガキング
説明：魔王種。

出た！　キングだ！　コイツがオーガのスタンピードの原因か⁉　それに魔王種って馴染みのない言葉が見えるが、この世界には魔王なんてものがいるのか？

「キングが出たぞ！」

俺が皆に伝えると、金級の冒険者が余裕そうにオーガキングの前に立った。

「コイツがキングか！」

「じゃあこれさえ倒せば収束するな！」

そう簡単に行けば良いんだけどな。

俺は一抹の不安を抱えながらも、金色に光る双眸でこちらを見るオーガキングから目を離せないでいた。

「ガアァァァァァァァァァァッ！」

クレーターの中からオーガキングが上を向いて叫ぶ！

「早いもの勝ちだぜっ♪　と」

金級の冒険者の一人が我先にとオーガキングに向かった。

ヒュバッ！　ズドオオン！

だが、オーガキングの鋭い蹴りがその冒険者を捉え、水平に勢いよくふっ飛ばした。冒険者がそのままバキバキッと木々をなぎ倒していく。

「ぐっ……油断した……ぜ」

ようやく止まると、木の幹の下でガクリと気絶してしまう金級冒険者。

あの重そうな蹴りを受けて気絶で済んでいるのは、さすがは金級というところだろうか。彼はあっさりとやられてしまったが、おかげで弛緩《しかん》していた空気が引き締まった。他の金級冒険者の顔つきが変わる。

「アルスが一撃とはな……コイツ結構やるんじゃないか？」

「ああ、油断せずにいくぞ」

「協力してやるしかないな」

金級冒険者たちはチラッとアイコンタクトを取ると、オーガキングの前に展開した。

俺たち下級冒険者はただ見ているだけだ。

ヒュバッ！　ズガアアン！

オーガキングから繰り出された回し蹴りを、盾持ちの冒険者が防ぐ。

「ぐっ。重いっ！」

その隙に、別の冒険者がオーガキングの体を横一文字に斬りつけた。

「取ったっ！」

続けて、首筋を狙った一撃が打ち込まれる。しかし、決まるかに見えた鋭い突きは、首を反らしたオーガキングにかわされてしまう。

とはいえ、向こうも無傷ではない。角を一本切り落とした。

「ガアアアアアアアアアアッ！」

オーガキングは怒り狂ったように叫ぶと、自らの角を切り落とした相手に向かって突進した。

「ゴアアアアアアッ！」

ヒュドンッ！　重い蹴りの一撃が冒険者を襲う。

「ぐっ！」

蹴られた冒険者は後ろに飛ばされながらも、地面に二本の線を残して踏みとどまった。

「速いし強えぞ、コイツ」

金級冒険者の一人が汗をかきながらぼそりと口走った。

普通のオーガキングと違うのだろうか？

金級冒険者たちが攻めあぐねているのを見て、俺は疑問に思った。

「脅威度を二段階は上に見積もった方がいい」

盾持ちの金級冒険者が声を落として言う。

「ガアッ！」

オーガキングは一声吠えると地面を蹴り、長い間合いを一気に詰めて再び重い蹴りを放った。

「おらぁ！」

金級冒険者が盾を構えて気合を入れた。

「あなた様、ここは避難した方がいいのでは？」

戦いの様子を見て、アルカが心配そうに声をかけてくる。

「ぬ。アルカちゃんはそう思うか。コウヘイ、何か手はないかの？」

ゼフィちゃんは腕を組みつつ、チラリと赤い瞳を俺に向けた。

ビリビリという衝撃が、身を潜めている俺たちの方にも伝わってくる。俺は打開策がないか考え始めた。

足を固める？　あの素早さだと至難の業《わざ》だ。俺が使えるのは大地の力。他にできそうなことと言えば……そうだ！

俺はその場にしゃがみ地面に手をつき、大地の力を流す。

まだ足りない。そう、もっと深くだ！

胃が捻れ上がるような感覚を覚える。汗も噴き出してきた。

どうだ？　俺は霞《かす》む目でオーガキングを睨む。

「グ、グガッ!?」

オーガキングが中腰になり、ブルブルと震え出した。

よし、効果が出始めたな！

そう。俺が目を付けたのは、重力だった。大地の引力を強化させたのだ。

だが、いつも大地の力を使っている時以上に、これはきっつい！

「ゼ、ゼフィちゃん……今のうちに……ヤツの口を塞げないか？」

俺は息も絶え絶えにゼフィちゃんに問いかける。

「む？　よし、任せるのじゃ！　マリンちゃん！」

ゼフィちゃんが声をかけるとズワァッと水の塊が広がり、人の形になった。

「マリンちゃん！　あのオーガキングの口と鼻を塞ぐのじゃ！」

水の精霊は頷くと、手を前に差し出した。

「！　グァボァッ」

オーガキングの口元の周りに歪《いびつ》な水の塊が現れる。

「なんだぁ？」

「うおっ！　オーガキングの周りが重たくなっているぞ！」

「これは……重力魔法か！」

金級冒険者たちも状況を理解して、驚きの声を上げた。

いや、魔法とは違うんですけどね。

俺は鼻血を出しながらも地面に力を注ぎ続ける。

まだ倒せないかっ！

緊迫した空気の中、辺りに場違いに暢気そうな声が響く。

「おいおい、やられそうになっちまってるじゃねえか」

ズアッと黒い渦《うず》のようなものがオーガキングの側に現れる。

そして人程の大きさになった黒い渦から誰かが出てきた。

金髪でロン毛の男だ。肌は黒く、パッと見は人相が悪そうに見えるがイケメンだった。

「途中まで結構うまくいってたんだけどなぁ……」

黒い渦から現れた男が手を振ると、オーガキングの口元を覆っていた水が弾けて消える。

「グ……ガ……サオル……」

オーガキングが苦しそうな声で男に声をかけた。

ぐっ。この力を使い続けるのもそろそろきつい。誰か倒してくれないか？

「サオル様、だろうが！　……まぁいい。所詮はちょっと頭のいいオーガにすぎない」

サオルと呼ばれた男は懐《ふところ》をゴソゴソとまさぐると、試験管のようなものを取り出した。

「コイツを使えば……おっと結構きついな、この重力魔法」

オーガキングでさえ苦しめたこの重力下で、あの男はほとんど普通に動けるのか。

サオルは俺の重力を意にも介さず、オーガキングの口元に試験管を持っていった。

ひょっとしてオーガキングより強いのか⁉　サオルという男は。

「ほれ。飲み込め。オーガよ」

サオルが差し出している試験管が怪しく光る。

「グガガガガガガガガガ……」

オーガキングが試験管の中身を飲み干すと同時に、筋肉と骨がきしむ音がこちらまで響いてきた。

様子を見ると、オーガキングの体が変貌している。

折られた角がすぐに再生し、その二本の角の間からさらに新しい角が生えた。これまで俺たちが与えてきた傷やダメージも回復している。

体の色も赤から黒へと染まり、目の色も黒っぽい紫色になった。

くっそ、もう体力の限界だ！　こんなところで……

重力を操るのは、想像以上に俺の体に負担をかけていたようだ。

意識が途切れる前に目の前のオーガを鑑定すると、そこには——

名前：ケイオスオーガ
説明：邪神の眷属

こう映っていたのだった。

◆　◆　◆

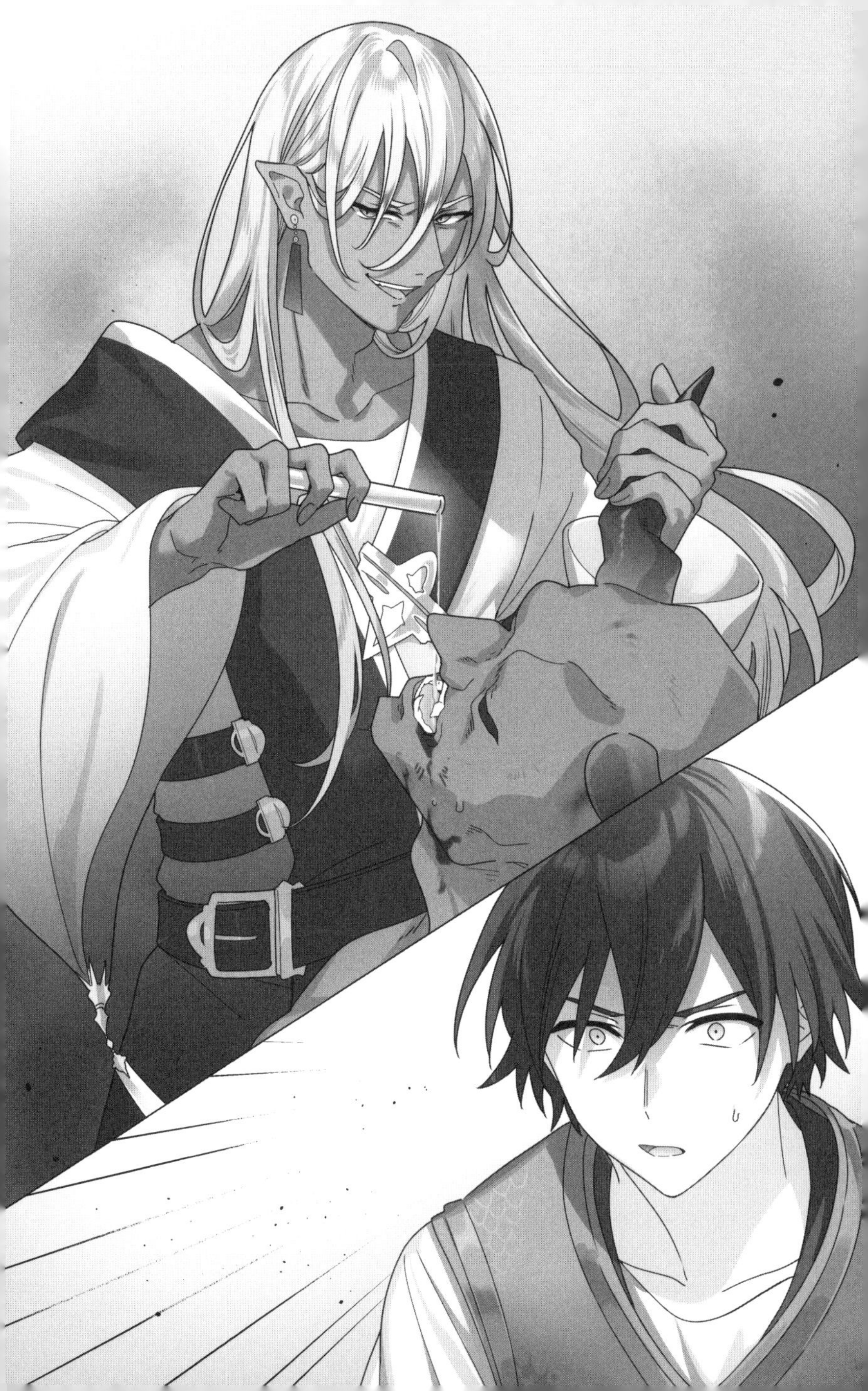

「次からぁ次に来やがってぇですぅ」

「ですです！」

「矢がなくなりそうなんだぜ！」

私、マロンと仲間のリィナ、エミリーは一緒に見張り場から最前線に持ち場を移っていました。

これまでは私たちの連携で、危なげなくゴブリンを倒しています。ゴーレムのドライさんが前に出てゴブリンの攻撃を引き付けている間に、三人で一斉に攻撃するという形です。

「ドライちゃん、ナイスですぅ」

「です」

「ドライがいるとサクサク倒せるな！」

森の奥から次々と現れるゴブリンを、他の鉄級冒険者も一緒に捌いています。

エミリーの頭の上でスライムのルンちゃんがミョンミョンと上下に伸び縮みしました。

「ルンちゃんもぉ戦いたいんですかぁ？」

「ですです？」

「ははっ。ごきげんだな！　ルン」

一段落してリィナたちと話していると、鉄級冒険者が何やら慌てている声が聞こえてきます。

「キングが出たぞっ！」

「何っ⁉」

「キングは銅級の担当だろうが！」

「知らねぇよぉ！」

どうやらイレギュラーで、私たちのエリアにゴブリンキングが来てしまったようです。

「ギャギャギャギャギャギャ！」

辺りに不快な雄叫びが響いたと思いきや、森の奥からゴブリンキングが鉄級冒険者たちを急襲しました。

「うわあああ！」

たまらず鉄級冒険者たちが散り散りになります。

「わぁ、大変ですぅ」

「ですです」

「おわ！　なんかこっちに来るんだぜ！」

ゴブリンキングは、私たちに狙いを定めたようで、こちらに向かって突進してきました。

「ギャギャギャ！」

ドンッと体当たりしてくるゴブリンキングをドライさんが受け止めます。

それまでの流れでもドライさんが攻撃を止めて、私たちが倒すというルーチンを繰り返していたので、同じように私たちは攻撃を始めました。

「グギャアアアアアアアア!!」

エミリーの放った矢がゴブリンキングの片目に当たり、悲鳴を上げます。

私とリィナの攻撃はゴブリンキングに防御されたけど、少しはダメージを与えられたみたいです。

ルンちゃんもエミリーの頭の上でみょんみょんと伸び縮みして喜んでいますね。

「グルギャッ！」

ゴブリンキングが憎悪《ぞうお》を燃やしてエミリーに向かってきました。

ズガッ！　その行く手をドライさんが再び阻みます。

ドライさんと膠着《こうちゃく》したゴブリンキングに、私たちは息のあった連携攻撃を仕掛けました。

「グギャギャギャ！」

こちらの攻撃を回避しようと、ゴブリンキングが後方に跳びます。

しばし、睨み合いが続きました。

おもむろにゴブリンキングが何かをゴニョゴニョと呟くと、人の頭程の火の塊が生成されます。

大きな火の玉が私たちに向けて放たれたのを、ドライさんが前に出てアダマンタイトのガントレットの腕を振るい、弾いてくれました。

「魔法ぅですぅ」

「ですです！」

「おわっ！　あちちち！」

自分の服に飛び移った火をエミリーが手を振って消します。

エミリーの頭の上では、ルンちゃんがミョンミョンと上下運動をしていました。

もしかしたらルンちゃんにも火が飛んできたから、それを抗議《こうぎ》しているのかもしれませんね。

ゴブリンキングが続けて火の塊を離れた間合いから投げつけてきます。その火の攻撃をドライさんがひたすら捌き、睨み合いが続きます。

するとルンちゃんが、エミリーの頭の上から飛び降りました。目で追ってみたら、どうやらゴブリンキングの死角に回ったようです。

そして火の魔法が連続で放たれる隙を見て、ルンちゃんが敵の口元を覆うように飛びつきました。

「ゴブァッ！」

呪文を詠唱できなくなったゴブリンキングは、口元を覆うルンちゃんを引き剥がそうと慌てています。

「今がぁチャンスぅですぅ！」

「です！」

「おっしゃ！　行くんだぜ！」

私たちとドライさんで同時に駆け出しました。

「です！」

まず、リィナがゴブリンキングにシールドを押し付けます。

その後ろからマロンのモーニングスターとエミリーの矢の攻撃が命中しました。ドライさんは反対側から駆け寄り、アダマンタイトのガントレットを装備した腕で連続して突きを放ちます。

ズドドドドドドドドドドドドドドドドドンッ！

「お、お、お、お、重い！　ですー！」

悲痛な叫びを上げるリィナ。ドライさんの岩をも砕くような連続突きの反動で、シールドでゴブリンキングを抑えている小柄なリィナの体が震えています。

「リィナがまずいんだぜ！　マロン！」

「はぁい、ですぅ」

激しい打撃音が響く中、私は盾を構えているリィナを後ろから支えました。

ドライさんの連続突きが終わる頃には、ボロボロになったゴブリンキングが倒れ伏していました。

「やったぜ！」

喜ぶエミリー。いつの間にかエミリーの頭の上に戻ったルンちゃんもミョンミョンと嬉しそうに伸び縮みをしています。

「……エミリー？　マロンはぁ、重くぅないぃですからぁねぇ？」

そこで先程の発言が気になって、私はいつもの笑顔ながらもエミリーに迫ります。

「う……だぜ？」

たらりと一筋の汗を流しながらエミリーが怯えています。

ルンちゃんも少し震えていますね。ふふ。

「ね？」

ニコニコとしながら、威圧感を放って私はそう注意したのでした。

第七話　再戦と救出

「あなた様！」

「ぬ。コウヘイ、起きたのじゃな」

「マスター！」

俺の周りを囲って、アルカ、ゼフィちゃん、ティファが心配そうに声をかけてくる。

「ウォフッ」

神獣も俺が気がかりのようだ。

俺がその場で体を起こすと、まだ戦闘中だった。神獣に寄り掛かるように倒れていた俺は、辺りを見回しながら皆に聞く。

「俺は……どれくらい意識を失っていたんだ？」

ボーッとする頭を振っていると、アルカが答えてくれた。

「あなた様。ほんの少しの間です」

アルカ曰く、それ程時間は経っていないようだ。

俺は安堵の息をついた。

「とにかく意識が戻って何よりなのじゃ」

ゼフィちゃんの言葉を聞きながら、俺は目の前の状況を確認する。

金級冒険者たちがケイオスオーガと死闘を繰り広げているところだった。途中で乱入してきたサオルという男の姿はなかった。

「サオルと名乗っていた途中から現れた男は？」

俺は疑問に思ったことを口にする。

「はい、あなた様。何やら忙しそうな素振《そぶ》りでどこかに消えてしまいました」

「うむ。何やら手が足りない、と言いながら黒い渦に消えていったのじゃ」

「オークキングがどうの、とも言っていました」

アルカとゼフィちゃん、ティファがそれぞれ俺の質問に答えてくれる。

話を聞く限り、何か目的があって俺たちに構っている暇はないって感じだな。

「ウォフッ」

神獣の声で俺は立ち上がり、ケイオスオーガを睨みつける。

金級冒険者たちと互角か？　いや、ケイオスオーガの方が優勢だな。

ドパァン！　今もまた金級冒険者の一人がふっ飛ばされている。

そこへ大きな戦斧を背負った大きな竜人がやってきた。ルドルフさんだ。

「お前ら無事だったか！　こっちの方のオーガはあらかた片付いた。しかしそっちはとんだ大物だな」

ルドルフさんがケイオスオーガを見ながら言う。

俺はまだ重力操作の力で体力を消耗《しょうもう》しており、体が重い。

「ガァァァァァァァァァァッ！」

雄叫びとともにケイオスオーガの攻撃が金級冒険者たちにヒットする。

「がっ」

「ぐっ」

「ごふぁあ」

そのまま手練れの冒険者たちは蹴散らされてしまった。

「まずい、アイツら押されているな」

ルドルフさんもこれには冷や汗をかいていた。

一人、また一人と金級冒険者たちが倒れ伏していく。

これは俺もいよいよ覚悟を決めないといかんか？

最後まで盾持ちの金級冒険者の人が粘《ねば》っていたが、それもついに吹き飛ばされてしまった。

だが、よく見るとケイオスオーガも結構傷だらけでボロボロだ。

もうあと一息じゃないか。これなら倒しきれるんじゃないのか？

「お前らいけるか？　俺が前に出る！」

大きな戦斧を構えたルドルフさんの言葉に、俺は頷いた。

「助かります。俺たちは遠距離の方が得意なので」

俺は重たい頭を振ってケイオスオーガに目を向ける。

「おう！　そういう話で集まったもんな！」

ルドルフさんを先頭に、俺たちは陣形を整えた。

「ガアアアアアアアアアアッ」

ケイオスオーガがこちらに向かってくる。

ズンッ！　ドガッ！

こちらに接近してのケイオスオーガの攻撃を、ルドルフさんが大きな戦斧で受け止めた。だが、ケイオスオーガの蹴りでルドルフさんが突き放されてしまう。

「ぐっ」

ルドルフさんがうめき声を漏らしながら後方によろける。

俺はケイオスオーガを牽制するため、雷魔術を放った。

閃光とともに衝撃音が響く。

ゼフィちゃんも自らの水精霊に指示を出す。

「うむ、マリンちゃん。水刃じゃ」

ズワァッと水の塊から人型が現れ、その腕をケイオスオーガに向ける。

連続する軽快な破裂音とともに、いくつもの水の刃が現れケイオスオーガを襲った。

「グガガガガガガガガガガ！」

ケイオスオーガが攻撃を食らって苦悶《くもん》の声を上げた。

効いているみたいだな！

俺とゼフィちゃんの連続技で動きが鈍くなっているケイオスオーガに、神獣が爪で攻撃する。

「ウォフッ！　ガウッッ」

「ふっ」

同時に、アルカの放った矢がケイオスオーガの片目を射抜いた。

「やっ」

さらにティファの氷魔術が、ケイオスオーガの足元を覆った。パキパキと音を立てて凍りついていく。

「グガアアアアアアアアアアアアッ！」

たまらず叫び声を上げるケイオスオーガ。

そこへヘルドルフさんの戦斧が振るわれる。大きな戦斧の一撃がケイオスオーガの片腕を切り落とした。

腕はヒュンヒュンと回転しながら飛ばされていき、地面にドッと落ちた。

「グウッ！」

ケイオスオーガは足元の拘束を破り後方に飛ぶと、叫びながら傷口を押さえた。

「ガアアアアアアアアアッ！」

ヤツの体からドス黒い蒸気のようなものが出て、切られた腕に集まる。

ググググッ。なんと、切られた腕が再生し始めていた。

スパリと斬ったはずの断面から指先が生えて伸びていく。しかし、その腕は途中から色が変わっていた。

元のオーガキングの赤い肌だ。ヤツの左腕の先だけ赤い色に戻っていた。

よく見るとアルカの矢が刺さった左目も元の金色の目に戻っていた。

なんだか厨二病《ちゅうにびょう》っぽい見た目だな。

よくわからんが、一度再生させたら、元のオーガキングの姿になるということなのだろうか？

ケイオスオーガを覆っていたドス黒い蒸気も見えなくなった。

「腕が生えただと⁉」

ルドルフさんが目を丸くする。

「ガアッ」

ケイオスオーガが斬られた部位も元通りにした状態で、前に出て攻撃を繰り出した。

それをルドルフさんが戦斧で受け止める。近距離での打ち合いだ。

俺は魔術を放つタイミングを計る。ケイオスオーガの得意な間合いなのか、ルドルフさんが押されていた。

そこへアルカが精密な弓矢での援護射撃を行う。連続で放たれた矢が、ケイオスオーガの肩、足、腕にそれぞれ刺さる。

「ガアッ！」

ケイオスオーガが吠えると矢が消えた。しかし傷口はそのままだ。

「おりゃ！」

カッ！　ズドオオン！　俺の雷魔術がケイオスオーガを捉える。

「ウォフッ！　ガルルルルル！」

神獣が躍り出て、ケイオスオーガの腕に噛みついた。

「今です」

ティファが氷魔術でケイオスオーガの足元を再び凍らせると、ルドルフさんが正面に立って斧を振り上げた。

「つらあ！」

足を止められたケイオスオーガの肩口に、ルドルフさんの渾身《こんしん》の一撃が入る。

ケイオスオーガの腕に食らいついていた神獣が、後方に跳んだ。

「マリンちゃん、勝機なのじゃ！」

ゼフィちゃんがそう言うと、水の精霊が腕を振った。

水の枷がケイオスオーガを捉え、四つん這いにさせると同時に、上空に巨大な水の刃が出現した。

あれはギロチンか？

俺が考えている間に、大きな刃がケイオスオーガの首目がけて落とされる。

直後、ケイオスオーガの体がサラサラと白い砂のようなものに変わって流れていった。

これで討伐完了だな。

「ふう、なんとか倒せたな」

俺は腕で自分の顎の下を拭った。

「ええ、あなた様。強敵でした」

流されていく白い砂を、ルビーのような瞳で見つめながらアルカが言う。

「うむうむ。じゃが、妾とマリンちゃんにかかれば、こんなものなのじゃ」

ゼフィちゃんと隣に佇む水の精霊、マリンちゃんは機嫌が良さそうだ。

「マスターのフォローが輝きましたね」

メイド服をなびかせ、ティファが得意げな様子で胸を反らした。

「ウォフッ」

神獣も尻尾を振っていた。

それから俺は、抱っこ紐の中のヴェルとアウラの様子を確認した。お前らも無事で良かったな。

「クルルゥ」

「キュアッ」

大地の力を流してやると、ヴェルとアウラは淡く光り輝いた。

ケイオスオーガの体があった場所には、ヤツの左腕の先と左目らしきものが残されるのみだった。

邪神の眷属を倒した時に手にしていた邪神の欠片は今回はないみたいだ。

俺たちの様子を見て、ルドルフさんがニヤリと笑いながら近付いてくる。

「お前らもお疲れな。この成果は上に報告しておく。きっと昇級するぞ？」

「それは助かります。ルドルフさん、お怪我は？」

俺はルドルフさんの体を心配した。

なんせ、あのケイオスオーガと一番近くで戦っていた人だからな。

「ああ、軽い打ち身ってところか？」

あんな化け物とあれだけ打ち合って軽い打ち身だけなんて、ルドルフさんは随分タフだな。

俺は思わず舌を巻いた。

そこへ冒険者が駆け寄ってくる。

回収班かと思ったが、やけに慌てていて何やら様子がおかしい。

「ルドルフさん！　大変です！　銀級のチームが壊滅したかも知れません！」

冒険者の報告を聞き、俺は驚愕した。

なんだって!?　銀級って言えばミーシャのところじゃないか！

すぐに俺はルドルフさんに話しかける。

「ルドルフさん！　銀級の持ち場はどこですか!?」

「ぬ？　銀級ならオークキングの本拠地を狩るって話だったはずだ」

ルドルフさんが答えた後、神獣が俺たちのやり取りを見かねて吠える。

「ウォフッ！」

「神獣！　ミーシャの場所が分かるのか？」

「ウォフッ！」

伏せた体勢で自信満々に吠える神獣。乗れ、ということらしい。

「あなた様。私もついて参ります」

「うむうむ。妾も行くのじゃ」

「マスター。急ぎましょう」

アルカにゼフィちゃん、ティファも俺に続いて神獣に跨る。

「ルドルフさん！　俺たちは一足先に銀級のチームがいる場所へ行きます！」

「む、そうか。こっちは動ける金級を集めてから向かうことになる。無理はするなよ」

「はい！」

やり取りを終えると同時に、神獣が駆け出した。


いつになくスピードが出ている。木を蹴飛ばしながら暗い森の中を神獣が駆ける。あっという間に、森の木がポッカリと空いた空間に出た。

目の前にはやけに高さのある洞窟が待ち受けていた。入り口には二体のオークが倒れ伏していた。

洞窟の中もかなり広く、巨体の神獣がそのまま入っても余裕があった。

奥へ進むと、段々とオークの骸が増えていき……やがて、広間のような空間に出た。この入り口にもオークの骸が大量に積み上げられている。

広間の中には、いくつか篝火が焚かれていた。すでに倒れているものもあったが、その明かりが激戦の跡を照らしている。倒れ伏すオークたちと冒険者たちの姿が目に入る。そんな姿を見て、俺の心臓はドクンと跳ね上がる。

ミーシャ！　無事でいてくれ！

ミーシャを捜しながら、俺は生存者の確認を始めた。

息のある者には霧夢の腕輪からポーションを取り出して、皆で手分けして飲ませていった。やがて奥まで進んだ時に、四肢を砕かれた石の人形を見つけた。

あれは……アインだ！

俺はすぐにアインの残骸《ざんがい》に駆け寄る。胸の魔石も露出していて、近くにはボロボロになったアインの装備が転がっていた。

……そしてアインの陰に隠れるようにミーシャの姿があった。

俺は急いで駆け寄り、倒れていたミーシャの息を確かめる。

息は……している。だが、ポーションを取り出し、抱きかかえて飲ませようとしても、意識を失っているのか上手く飲み込んでくれない。

ええい！　俺はポーションを自ら呷《あお》るとミーシャに口移しで飲ませてから、大地の力を注ぎ込んだ。倒れているミーシャの体が一瞬ポワンッと光った。

続いて俺は崩れて倒れているアインの側でしゃがみ込み、その胸に手を当て大地の力を流した。

ポワンッと光ったかと思えば、まるで巻き戻したようにアインの手足が元通りになる。

程なくしてアインが立ち上がったが、なんだか元気がなさそうに見えた。その腕にはボロボロのアイスガントレットと、へこんだ灼熱《しゃくねつ》の盾が握られていた。

「アイン。よくミーシャを守ってくれた。ありがとうな」

俺はポンポンとアインの肩を叩く。

ミーシャを壁際に寝かせてから、アルカ、ティファ、アインと協力して救助した冒険者たちを横に並べた。残念ながら全員は助からなかった。ゼフィちゃんと神獣には周囲の警戒を頼んでいる。

しばらく救助を続けていると、大きな物音が響いた。

なんだ!? 俺たちはキョロキョロと辺りを見回す。

ドクン！

嫌な予感がする。

ドクン！　ドクン！

この広間の奥の方から聞こえてくる音……

ドクンドクンドクン！

前にもどこかで……

ドクンドクンドクンドクンドクンドクン！

聞いたことがあるなっ！

俺は音がした方に向けて鑑定を始めた。

名前：ケイオスオーク
説明：邪神の眷属

やっぱりか！

「アルカ！　ティファ！　ゼフィちゃん！　敵が奥にいるっ！」

俺は広間の奥を睨みつけながら叫んだ。

「なんじゃとっ⁉」

警戒に当たっていたゼフィちゃんが、銀髪を振り乱してバッと振り返る。

「マスター、奴らはどこにでも湧きますね」

落ち着いた様子で、ティファが戦闘準備を整える。

「あなた様、汚らわしいオークは私たちで殲滅しましょう」

アルカも赤いルビーのような瞳を燃やして弓を構えるのだった。

第八話　攫《さら》われた竜姫

オークの骸が積み重なる場所から、まるで人形が起き上がるような緩慢《かんまん》な動きで、黒紫の巨体が姿を現した。オーガとは違う異様な雰囲気があった。

「アアァアァアアァアアァアァアアァアァアッ！」

ケイオスオークはドス黒い蒸気を巨体から噴出させ、発達した筋肉を持つ両手をだらりと下げていた。半開きの口からダラダラとヨダレを垂らしながら、濁った目でこちらを見た。

アインが前に出てきてへこんでいる盾を掲げる。

「アルカ、ティファ、ゼフィちゃん。生存者に影響が出ないように立ち回ろう」

壁に寄せた負傷者たちを巻き込むのだけは避けなければ。

三人が戦闘態勢を整えながら頷いた。

「ウォフッ！」

神獣がケガ人たちそばまで駆け寄って、彼らを守るように立った。どうやら見張り役をしてくれるようだ。

「ゴロオオオオオオオオオオン！」

ケイオスオークは一度吠えると、両の手を地面に叩きつけた。

衝撃波で、積み重なっていたオークの骸が吹っ飛ぶ。

「ゴアッ」

ケイオスオークは短く唸り、俺たちに向かって駆け出した。

ズガアァァァン！　オークの突進攻撃をアインが盾で受ける。衝撃がビリビリと辺りに伝わった。

お返しとばかりに振るったアインの大ぶりの腕は、ケイオスオークにかわされる。

応戦するケイオスオークの右ストレートを、アインは盾で受け流してからシールドを正面にして押し出した。

「おらっ！」

俺もアインを援護するために雷撃を放つ。

しかし、俺の攻撃はケイオスオークのドス黒い蒸気に受け流されてしまった。

やはりあの蒸気がある間は、あまり魔法が通らないみたいだ。

ケイオスオーガ戦で俺の雷魔術が効いていたのは、金級冒険者が削ってくれていたからだな。

「マスター。オーガの時と同じく足を固めてみます」

ティファが氷魔術でケイオスオークの拘束を図る。

パキパキと氷が張る音が響くが、ケイオスオークは狙いを読んだのか、足を振り上げて氷を打ち破った。

「くっ」

ティファが悔しそうに漆黒の目を細める。

続けて、アルカが矢を放ち、ケイオスオークの右目を捉える。

「ガアアアアアアアアアアッ！」

ケイオスオークは顔面を押さえて苦悶の叫び声を上げ、荒れ狂う勢いで周囲を踏み鳴らした。

ズドンッ！　暴れ回るケイオスオークへアインの右ストレートが決まった。

ケイオスオークは腕をクロスにして防御するが、片腕があらぬ方向に曲がっている。たまらずケイオスオークは後方に飛んで、吠えた。

「グロロオオオオオオオオオオオオオオン！」

ケイオスオークの体からドス黒い蒸気のようなものが左腕と右目に集まっていく。

すぐにダメージが回復し、ケイオスオークの状態は元に戻っていた。同時に、周りのドス黒い蒸気が薄くなっている。

今なら俺の魔法も効くか？

カッ！　俺が放った雷撃が迸《ほとばし》り、ケイオスオークに当たった。

「ゴアッ」

ブルリと体を震わせるケイオスオーク。少しはダメージがあるのか？

「マリンちゃん、いくのじゃ」

ゼフィちゃんのかけ声とともに水の精霊が腕を振り、いくつもの水刃が軽快な破裂音とともにケイオスオークを襲う。

「ゴロアアッ」

水刃のほとんどはケイオスオークの表面を覆うドス黒い蒸気に阻まれてしまったようだが、いくつか当たったようだ。

「グロロオオオオオオオオオオオオオオン！」

またケイオスオークが回復を始めた。全身から瘴気が噴き出ている。

アインはその隙を見逃さず、ケイオスオークに右ストレートをお見舞いした。

今度はガードできなかったようだな。ケイオスオークのでっぷりとした腹に命中していた。

すかさずティファが氷魔術によりケイオスオークの足元を凍りつかせ、アルカの三連射が放たれる。胸、喉、眉間にそれぞれ矢が刺さった。

よしっ！　俺はグッと拳を握った。

しかし、また回復されてあまり時間をかけたくない。

俺は早いところミーシャを安全な場所に寝かせたいのだ。

逸《はや》る心を抑えながら、俺は地面に大地の力を流す。

使うのは、さっきと同じ重力の力だ。

深く、深く底の方から空間そのものを引っ張るイメージを構築する。

胃が捻じれそうになる思いをしながら、俺はケイオスオークを重力の檻《おり》に閉じ込めることに成功した。

「ゴロアアッ⁉」

ズンッとケイオスオークが四つん這いに突っ伏して動きを止めた。

「ぐっ……誰かヤツを葬《ほうむ》れる手はないか？」

俺は動きを止めるので精一杯だ。

皆に向けて俺は尋ねた。

「マスター、今度はワタシにお任せを」

ティファがそう答えると同時に、ケイオスオークの上空に氷の魔術を展開する。現れたのは、氷の車輪のようなものだ。いや、もしかしてあれは丸鋸《のこ》か？

氷の刃は、凄まじいスピードで回転しながらケイオスオークの首筋へ近付いていく。

「ガアアアアアアアアアッ⁉」

氷の刃が当たり、断末魔の声を上げるケイオスオーク。

そして首が落とされた瞬間、胴体もサラサラと白い砂のようなものに変わっていった。

「こんなものですね、マスター」

ティファはなんだか得意げな様子だ。

「ふぅ、ありがとな」

お礼を言いながら立ち上がると、俺はポンポンとティファの頭を撫でて大地の力を流した。ポワンッとティファの全身が一瞬淡く光る。

俺とティファの様子を見て、ゼフィちゃんとアルカがそれぞれ頭を差し出した。

「ぬぅ。ずるいのじゃ！　妾はやってもらっていないのじゃ！」

「あなた様？　ここは平等に……」

「はいはい」

俺は二人に促されるまま、ゼフィちゃんとアルカにも同じことをした。

ポワンッとゼフィちゃんたちが淡く光る。

皆の満足そうな様子を見てから、俺はケイオスオークの体があった場所に目を向けた。

白い砂のようなものの中にドス黒い石が埋まりかけていた。

名前：邪神の欠片
説明：■■■■■

鑑定すると、予想通りだった。

ケイオスオーガは欠片を持っていなかったはずだが、違いはなんだろうな？

俺は疲れて重い頭を振りつつ、そのドス黒い石を手に取る。

こいつも早いところ綺麗にしちまおう。大地の力を邪神の欠片に流し込んでいくと、石の表面から黒い汚れがポロポロと剥がれるように落ちていった。剥がれた汚れはそのまま霞《かすみ》のように消える。

汚れを全部落とすと、綺麗な黄色い石が現れた。

名前：混沌神の欠片
説明：混沌神の体の一部。

鑑定結果を見て俺は頷く。色は最初のものともこないだのものとも違うが、内容は同じらしい。

俺は混沌神の欠片をそのまま霧夢の腕輪に放り込んだ。

「ひとまずはこれで解決だな」

洞窟内の壮絶な戦闘の跡を見回しながら俺は言った。

「はい、あなた様」

アルカが、後ろで束ねられた銀髪を揺らしながら頷く。

「マスター、残すはゴブリンキングですね」

ティファが意気揚々と答えながら、メイド服のホコリを払う。

「うむ。じゃがその前に、まずは一息つくのじゃ」

ゼフィちゃんは少しお疲れのようだった。まぁ連戦だったしな。

「ウォフッ」

そんな俺たちを見ながら神獣が吠えた。

自分たちの装備を確認していると、入り口の方から集団がやってくる気配がした。

「お前ら無事だったか！」

大きな戦斧を背負ったルドルフさんが俺たちに声をかけてきた。

「はい。こちらの脅威は排除しました」

俺が代表してルドルフさんに答える。

「ってことはオークキングを倒したってことか？　それならようやくこのスタンピード騒ぎも終わりだな」

ルドルフさんが腕を組みウンウンと頷いた。

「え？　まだゴブリンキングがいるんじゃないですか？」

俺はルドルフさんに疑問をぶつける。

「いんや、それがなぁ鉄級の三人が討ち取ったらしいぞ？」

ルドルフさんの言葉に、俺は首を傾げた。

三人？　もしやマロンたちが……ってまさかな……

ちらっと三人娘のことが頭によぎったが、すぐにその考えを振り払った。

後続の冒険者たちに手伝ってもらって広間の片付けをする。

ある程度片付いたところで、俺たちは先に戻らせてもらうことにした。

ミーシャの容態も心配だしな。

ミーシャを神獣の背に乗せて、皆で歩いて戻った。辺りはもうとっくに真っ暗だ。

前線基地のルドルフさんが使っていたテントで手続きをして街の宿に帰る。


もうクタクタだぜ。疲れた体にムチを打ってミーシャをベッドに寝かせる。

ミーシャの部屋を出ると、先に帰っていた三人娘と会った。ドライとルンも一緒だ。

「あぁ、帰ってきたんですねぇ」

「ですです～」

「アタシたちはゴブリンキングをたおしたぞ！」

まじか！

ルドルフさんが言っていた三人はやっぱりこの三人娘のことだったんだな。

ドライとルンも一緒にいたとはいえ、そもそも鉄級が倒すこと自体大変なはず。これは快挙だろう。

「凄いじゃないか！」

俺は率直な感想を三人娘に伝えた。

「三人もなかなかやりますね？　あなた様」

「ですがマスター、こちらもキングを倒しています。二匹」

三人娘の言葉に、赤いルビーのような目を細め微笑むアルカと、対抗心を燃やすティファ。

ゼフィちゃんがどこか楽しげな様子で俺に話しかけてきた。

「のう？　コウヘイ。妾たちでキングを三体とも倒したのじゃし、ここはパーッとアレをするのじゃ」

「……アレってなんだ？　ゼフィちゃん」

俺は少し考えたが分からなかったので、素直に聞く。

「宴会なのじゃ！」

腰に手を当てて胸を張りながらゼフィちゃんが答える。

だが、今は――

「あ～。ミーシャが元気になってからやるか」

俺はポリポリと頭をかきながら申し訳なさそうに言った。

「ぬ、たしかに。そうなのじゃ」

ゼフィちゃんも空気を察したのか、少ししょんぼりとした。

おっと、いかんな。仲間にこんな顔をさせちゃ。

「明日は宿に頼んでゼフィちゃんの好きな料理を出してもらうか！」

「本当か⁉　それは楽しみなのじゃ！」

なんとか俺の提案でゼフィちゃんのテンションを戻すことに成功した。

ゼフィちゃんはニパーと笑みを浮かべたのだった。

翌日、ロビーに皆が集まったところでミーシャが謝罪する。

「みな、昨日は迷惑をかけてしまったな。すまない」

尻尾が力なく垂れており、心なしか元気がなさそうだ。

「いや、ミーシャ。こういうのはお互い様だろ」

俺はミーシャにそう返した。冒険者は助け合いだからな。

「そうか。ありがとうコウヘイ。また救われてしまったな」

碧の目を細めて笑みを浮かべながらミーシャが礼を言う。

「おう」

俺は少し照れくさくなり、頭をかいた。

ミーシャは謝罪を終えると、俺たちに尋ねる。

「ところで、つかぬことを聞くが、ミーシャが助けられた時にガーベラはいただろうか？」

誰だって？　ガーベラ？

俺とアルカ、ティファ、ゼフィちゃんの頭の上に疑問符が浮かぶ。

何せ聞いたことのない名前だ。

「すまない、ミーシャ。ガーベラってのはどんな人なんだ？」

俺は昨夜に救助した冒険者たちを思い浮かべながらミーシャに聞き返す。

「冒険者ギルドで会った、感じの悪い竜人の少女だ」

小鳥遊似のピンクの髪の子か！

「いや、俺たちが来た時にはいなかったぞ？　ミーシャたちはオークキングにやられたんだよな？」

昨日俺たちが行った時の状態をなるべく鮮明に思い出すが、あの場所にはいなかったはずだ。

「いや、違うのだ、コウヘイ。ミーシャたちはオークキングを倒すところまでは行った。だが、その後に見知らぬ男が現れたのだ」

それからミーシャに洞窟であったことを聞かせてもらった。

話によると、ミーシャたちはあの広間でオークたちに挟み撃ちされたような状況で戦ったらしい。

ガーベラが一人で後ろを担当し、後から入ってくるオークを食い止め、残りの皆でオークキング目がけてアタックしたのだとか。皆の協力でなんとかオークキングを倒したところで、ミーシャたちの方にもあのサオルとかいう奴が現れた。

そして全員で立ち向かったが、サオルが強すぎて冒険者たちは蹴散らされてしまったようだ。アインがボロボロだったのも、ミーシャをかばってサオルにやられたらしい。

「薄れゆく意識の中だが、あの男がガーベラを担いでいるのが見えた。ダンジョンの奥で実験体がどうのと言っていた……すまない。ミーシャが覚えているのはここまでだ」

ということは、ガーベラはダンジョンの奥地に拉致《らち》されたのか！

スティンガーのダンジョンでコアに拉致された経験のある俺は、思わずティファに視線を向けた。

ティファは俺と目を合わせると、気にした様子もなくオニキスのような瞳をパチクリとさせていた。

どのみち、ダンジョンコアの救援依頼できている以上、俺たちはここのダンジョンの奥地に行かないといけない。

というか、これまでの話をまとめると、サオルがダンジョンの奥地にいるのが、異常の原因と関係あるんじゃないか。

大方、今回もアイツらが何か悪さをしたのだろう。まったく碌《ろく》なことをしない連中だ。

ミーシャの話を聞き終えて、俺は今後の動きを決めた。

「スタンピードは解決したし、これからダンジョンアタックに向かおうと思う。一緒についてくる奴はいるか？」

「うむ。ミーシャは行くぞ」

「私もついて参ります、あなた様」

「言わずもがなです」

「妾も行くのじゃ」

「ウォフ！」

ミーシャ、アルカ、ティファ、ゼフィちゃん、それから神獣が賛同した。

「マロンはぁ行けません。装備にぃガタが出てますぅ」

「ですー」

「アタシも矢を使い切ったし、整備したいんだぜ！」

ゴブリンキングと戦った後だもんな。彼女たちにはゆっくり休んでもらおう。

「分かった。それなら三人にヴェルとアウラの世話を頼んでもいいか？」

俺がそうお願いすると、三人娘は快く承諾してくれた。

その日はダンジョンアタックの準備に時間を費やしたり、冒険者ギルドに寄って報酬を受け取ったりした。

ゼフィちゃんお待ちかねの宴会も宿に頼んで開催してもらった。ミーシャも復活したしな。

ゼフィちゃんは並べられた数々の料理に舌鼓を打ち、終始満足そうだった。

和気あいあいとした皆の様子を眺めながら、俺も英気を養った。

〝竜の巣〟と言われるダンジョンに挑むまでの一日は、そうして楽しく過ごしたのだった。


翌日、俺たちはダンジョンがある建物の前へとやってきていた。

この王都もスティンガーの町と同じように街中にダンジョンの建物がある。

とは言っても、こちらは街の外れの方だったが。町のど真ん中にダンジョンがあるスティンガーの方が珍しいということだった。

ダンジョンの情報は、昨日準備しながら集めた。〝竜の巣〟と呼ばれる名前で、出てくるモンスターも竜ばかりだそうだ。なんとも危なそうである。

俺はミーシャたちを引き連れて、建物の中に入った。

受付を済ませて辺りを見回すと、つい先日までスタンピード騒ぎでしばらく封鎖されていたからか、ダンジョン内は閑散《かんさん》としていた。

皆で中央に設置してある大きな転移石の前に向かい脇に目を向ける。スティンガーのダンジョンと同じく、そこから下に続く階段が伸びていた。

「マスター、少々お時間をください」

ティファが鈍く光を発する大きな転移石に触れると、チキチキと音を出しながら漆黒の目に何かの文字列のようなものが流れた。

「……マスター、ハックに成功しました。しかしボスのいる階層は抜けませんでした。二十階層、四十階層、六十階層にいるボスは倒さないといけません」

ティファが俺の方に向き直り、そんなことを伝えてくる。

「少しでもショートカットできるならそれで十分だ」

スタンピード騒ぎで随分と時間を取られてしまったからな。短縮できるなら願ったり叶ったりだ。

「では、まずは十九階層まで飛びます。ワタシに触れてください」

少し窮屈な思いをしながら、皆がティファに触れる。

「十九階層に転移」

ティファが宣言すると、軽い目眩《めまい》が襲った。

第九話　竜の巣

一瞬の立ちくらみの後、目を開けるとそこはもう十九階層だった。

岩山のようなゴツゴツとした足場だ。

「マスター、こっちです」

冒険者ギルドで仕入れた地図を広げながらティファが道案内してくれる。

「おう」

ティファに続いてぞろぞろとダンジョンの道を進んでいくと、さっそく敵とエンカウントした。

広い岩場で巨大なモンスターが俺たちを出迎える。

俺はすかさず鑑定した。

名前：リトルロックドラゴン
説明：竜種。頑丈な表皮を落とす。

ひしゃげた灼熱の盾を構えたアインと、アダマンタイトのガントレットを装備したドライがザッと前に出て、戦闘態勢になった。

「ギャオオオオオオン！」

リトルロックドラゴンが咆哮を上げる。表皮は岩のようでかなり硬そうだ。

四足で立ち、俺たちをその爬虫類のような目で睨みつける。

咆哮がビリビリと辺りに響いた。

ドライが正面を突っ切ってガントレットを叩きつける。ガラガラと音を立てて、ドラゴンの体から岩が剥がれ落ちた。

「ギャアッ！」

リトルロックドラゴンが苦悶の声を上げた。

「ふっ」

短い呼気とともに、アルカが矢を放つと、リトルロックドラゴンの片目を貫いた。

「ギャォッ！」

リトルロックドラゴンはたまらず後ろ足で立ち上がり、俺たちから顔を遠ざけた。

リトルと名前についている割に、随分とデカい！

「シッ」

ミーシャが飛び上がり空歩で接近してから、リトルロックドラゴンのもう片方の目を狙った。

溶岩水竜の短剣がドラゴンのもう片方の目に入る。

「ギャオオオオオオン⁉」

視界が奪われ暴れ回るリトルロックドラゴンの尻尾をドライが押さえつける。

続けてティファが氷魔術を放ち、暴れていたリトルロックドラゴンの足を固めていく。

狙い目だな。おりゃ！

俺も雷魔術を放ち、リトルロックドラゴンの身を硬直させる。

「今じゃ。マリンちゃん」

ゼフィちゃんのかけ声とともに現れた水の精霊が腕を振ると、リトルロックドラゴンの太い首が水刃によって切り落とされた。

ザアッとドロップアイテムに変わるリトルロックドラゴン。

落としたのは、魔石と表皮だ。

俺たちはドロップアイテムを拾うと、先へ進んだ。

階段を下りると二十階層だ。

目の前の切り立った岩山にポッカリと大きな広場のような空間があり、一頭の巨大なドラゴンが待ち構えていた。

名前：ビッグロックドラゴン
説明：竜種。とても大きい。

でけえ……

いや。竜は基本デカいし、さっきの敵も大きかったが、その比ではない。

野球場くらいありそうな広場の空間に、ビッグロックドラゴンはその巨体の身を伏せていた。

俺たちが広場に入るとパチリと双眸を開き、ビッグロックドラゴンがその身を起こす。

同時に息を大きく吸い込む動作をした。

「ブレスが来るぞ！」

俺は皆に注意を促す。アインとドライの後ろに皆が隠れた。

「ゴアバアアアアアアアアアアアアアアアアアア!!」

アインとドライが岩のブレスを防ぐ。目の前は岩の砲弾で埋め尽くされ、ガンガンとアインの盾に当たる音が鳴り響いた。

その後ろで俺たちはブレスがやむのを待つ。開幕一番に大技かよ⁉

荒れ狂う岩の嵐が吹き付ける中、俺は負けじとアインとドライの後ろから雷撃を放つ。

しかし岩の鎧に受け流されて、中までダメージが通らない。

それからドラゴンがくるりと体の向きを変えた。不思議に思っていると、ぶっとい尻尾を振り回す。

アインがへこんだ灼熱の盾で受け止めた。耳障りな衝撃音が鳴り響くと同時に、盾がギャリギャリと削れる音も聞こえてくる。

ドライがその叩きつけてきた尻尾を掴んで動きを止めた。

チャンスだ!

俺は早々に重力操作を行うべく、その場にしゃがみ込み地面に手を付ける。

この力を使うのは相変わらずキツイ! 胃の捻じれるような感覚を覚えつつ力を注ぎ込む。

これ以上大技をぶっ放されると困るからな。文句言うなよ?

「ギャオン⁉」

重力操作が成功し、ビッグロックドラゴンを重力の檻に封じ込める。

ドラゴンは身動きが取れなくなって、俺たちに背を向けたまま、ドシンとその場に腹を付けた。

あとはケイオスオークを倒した時に使ったティファの氷魔術でとどめを刺す。

大樹のようなぶっとい首が、氷の丸鋸でスパリと切り落とされ、地面にドンッと落ちた。

その衝撃で地面が少し揺れる。

ビッグロックドラゴンがザアッとドロップアイテムに変わり、いつの間にか宝箱が現れていたのだった。ビッグロックドラゴンのドロップアイテムは魔石とたくさんの岩のような鱗だった。

それからいつの間にか宝箱が出現していたので、俺はさっそく鑑定する。

名前：階層ボスの報酬
説明：罠・毒矢。

罠があることを報告すると、ミーシャが手早く解除してくれた。

報酬のアイテムが俺たちを出迎える。

名前：炎熱のローブ
説明：耐寒装備、五枚入り。
名前：スタールビーの指輪
説明：火の魔力アップ、火矢を生み出す。

名前：水流のサークレット
説明：水の魔力アップ。

名前：アクアショートボウ
説明：水矢を作り出す。

その他、ポーション類がいくつか入っていた。

「分配は……どうしようか？」

宝箱の中を覗き込みながら俺は言った。

「各々欲しいものを言って、希望が被ったら相談でいいのではないか？　ミーシャは今回欲しいものは特にないな」

ティファとアルカも希望はないようで首を横に振っていた。

そんな中、ゼフィちゃんが元気に要望を口にする。

「なら、指輪は妾がもらうのじゃ」

ゼフィちゃんが指輪？　俺は首を傾げつつ提案した。

「そうか？　でも、水の精霊魔法を使うならサークレットの方が良いんじゃないか？」

指輪は火の魔法に関連することを考えると、あまり相性がいいとは思えなかったのだが……

「いやいや、指輪で良いのじゃ」

ゼフィちゃんは頑なにそう言って、赤い瞳をパチクリとさせた。

「そこまで言うなら、指輪はゼフィちゃんかな。他のアイテムは、三人娘のお土産にしても良いかな。俺が預かっておくよ」

皆が頷いたのを見て、俺は報酬のアイテムを霧夢の腕輪に放り込んだ。

「さぁ、コウヘイ。妾に指輪をはめるのじゃ」

ゼフィちゃんが胸を張りながら、左手を俺にさしだした。

「ええ!?」

また俺かよ！　以前もミーシャやアルカ、ティファとダンジョンに行った時に同じことがあったな。

俺は渋々と指輪をゼフィちゃんの左手の薬指にはめた。

ゼフィちゃんははめられた指輪を、グフフと不気味ににやけながら眺めていた。ミーシャたち女性陣は、それを生暖かい目で見つめているのだった。


二十階層のボスの間を抜けた俺たちは、転移石のある部屋へ入る。

「マスター。次は三十九階層です」

またティファの周りに集まり手を触れると、あっという間に階層を移動していた。

氷の平原が広がるフロアだった。

「おわっ。寒っ！」

思わず俺は身震いする。

じりじりと冷気が骨までしみこんでくるようだ。

すかさず俺はさっき手に入れた炎熱のローブを五着取り出した。

「みんな、これを羽織《はお》ってくれ」

赤い布地だが、本当に寒さを軽減してくれるのかと疑う程薄手だった。だが羽織ってみると、寒さがだいぶマシになった。見た目と違って防寒性能が高いようだ。

ティファが地図を広げて方向を確認し、先へ進んでいく。

ところどころで氷に擬態《ぎたい》しているモンスターが魔力探査に引っかかったが、俺たちに近付く素振《そぶ》りは感じられない。触らぬ神に祟りなしということで避けて通った。

特に戦闘しないまま、俺たちは四十階層に到着した。

ここは切り立った崖の上で、細い尾根のような道以外がほぼ崖《がけ》だ。

下の方は暗くてよく見えない。辺りはしんと冷えた空気で静まり返っている。

一本道の様な氷の道を進むと、広場と言うか台地のような場所に出た。

だが、ボスの姿がどこにも見えない。

しばらく周囲を警戒していると、遠くから咆哮のようなものが聞こえてきた。

続いてバサリと羽ばたく音も耳に届く。

遠くの山の影から何かがこちらへ向かって羽ばたいて向かってくるのが見えた。どうせドラゴンだろう。

俺は視認できる距離まで待ってから、鑑定をかけた。

名前：アイスドラゴン
説明：竜種。氷を好む。

「あいつはアイスドラゴンだ！」

俺は皆に鑑定結果を告げた。

アイスドラゴンは俺たちを攻撃範囲に入れると大きく息を吸い込んだ。

また開始早々ブレスかよ！

瞬時にアインとドライの後ろに避難する。

「ヒュガアアアアアアアアアアアアアアアッ‼」

さっきの岩のブレスと違って、まるで吹雪の中にいるようだ。

冷気が当たって顔が痛い！　盾で防いで、さらに炎熱のローブを着込んでいるのに凍てつくような寒さだ。ルンもいつの間にか、頭の上ではなく俺のローブのフードで縮こまって出て来なくなっていた。

「てい！」

吹き荒ぶブレスの中、お返しとばかりに俺はアイスドラゴンに雷魔術をお見舞いした。

「ギャッ！」

アイスドラゴンはダメージに怯んだのか、短い悲鳴を上げてブレスを中断した。

すかさず、アルカが矢でアイスドラゴンの羽の付け根を射抜く。

「ギャアッ！」

アイスドラゴンはこの距離での戦闘を嫌がって、後退し大きく旋回。

一度さがってから勢いをつけて突進してきた！

ドパァン！　ドラゴンの突進をアインが灼熱の盾で受け止め、ドライが尻尾をガッチリと掴んだ。

「ギュアッ⁉」

驚きの声を上げ、そのまま羽ばたこうとするアイスドラゴン。

ドライの体が浮かび上がる。

そうはさせるか！

俺は地面に手をつき、大地の力でドライを地面へと縫い付けた。

これならアイスドラゴンも飛べないはずだ。

「シッ」

ミーシャが空歩で空中に飛び上がり、アイスドラゴンの羽の根元に狙いをつけると、羽の根元を斬る。

溶岩水竜の短剣のおかげで相性のいい火のダメージを与えられたからか、アイスドラゴンは大きく体勢を崩して地面へと落ちてきた。

地を揺らす衝撃音が鳴り響く。

「ギュアオオオオオン！」

氷の大地に落ちたドラゴンは、まるで暴風雨の中で舞い踊る木の葉のように暴れ回った。

「アオオオオオオオオオオオオン！」

白い毛を震わせながら神獣が元の大きさに戻ると、アイスドラゴンの首筋に噛みつく。

「えいっ」

ティファが闇魔術の技・ダークボールをアイスドラゴンに放った。

ドラゴンの目を覆うように展開し、まとわりついている。目潰しだ。

「いくのじゃ、マリンちゃん」

水の精霊が腕を振って、多数の水刃を軽快な破裂音とともにアイスドラゴンにぶつける。

ここで畳みかける！

地面に両手をついて大地の力を流し込むと、凍てついた地面が動きアイスドラゴンの四肢を拘束することに成功した。

くっ。このドラゴン、すごい力だ。

俺はこの寒い中でも汗を流しながら、暴れるアイスドラゴンを拘束し続ける。

「シッ」

ミーシャの二連撃がアイスドラゴンの首筋に決まる。

「ギュアオオオオオオン！」

たまらずアイスドラゴンが苦悶の声を上げる。もう一息だ。

ズドォオン！　アインの右ストレートがアイスドラゴンの腹に刺さった。

そこでルンが俺の炎熱のローブのフードから出てきた。

ルンはピョンっと飛び跳ねるとアイスドラゴンの鼻から体内に侵入していく。

ビクリ！　とアイスドラゴンが震えると、続けてガクガクと痙攣《けいれん》し始めた。

ザアっとドロップアイテムに変わっていくその中で、ルンはミョンミョンと上下運動をするのだった。

「お手柄だな、ルン！」

ルンはブルリと震えると、炎熱のローブのフードに戻ってきた。寒いのは苦手なのかな？

アイスドラゴンのドロップアイテムは魔石と牙だった。

牙も素材にすれば短剣くらいは作れそうだ。

同時に出現したと思しき宝箱を鑑定する。

名前：階層ボスの報酬
説明：罠・石化。

「石化の罠があるみたいだな。解除は任せた、ミーシャ」

「うむ」

ミーシャがしばらく宝箱をカチャカチャといじった。まもなく罠の解除の音が響く。
「うむ。これで大丈夫だ」
満足げにミーシャが頷き、赤い髪を揺らしながら宝箱を開ける。

名前：ドラゴンショートソード
説明：竜特効。

名前：ドラゴンローブ
説明：炎熱耐性。

名前：ドラゴンリング
説明：体力・魔力がアップする腕輪。

名前：火精霊の腕輪
説明：火の魔力アップ、火精霊と交信できる。

あとはポーション類がいくつか入っていた。
まじまじと宝箱の中身を見ていると、ミーシャが静かに手を挙げた。

「うむ。ミーシャは剣が少し気になるな」

緑色に鈍く光る短剣を見つめながら言うミーシャ。猫耳がピコピコ揺れている。

特に希望する者がいなかったので、俺はそのまま剣を手渡した。

「ぬ。それなら妾は火精霊の腕輪かのう？　新しい精霊と仲良くなれるかもなのじゃ」

たしかにゼフィちゃんは精霊魔法を使うからな。もしかしたら精霊の種類を増やせるかもしれない。

ティファとアルカは特に希望もなく、俺も欲しいものはなかったので、とりあえず残りは腕輪にしまった。

それから俺たちは転移石で二十階層へ戻って夜を明かすことにした。

これ以上ダンジョンの探索を続けるには遅い時間だったたし、四十階層は寒すぎて滞在できそうになかったからだ。


翌日、俺たちは朝の準備を済ませて、転移石の前に並んだ。ダンジョンアタック二日目だ。

ティファが静かに転移石に触れる。

「マスター。次は五十九階層です」

皆でティファに触れると、辺りの景色が一瞬にして切り替わった。

五十九階層は洞窟のようだが、ところどころ壁から蒸気のようなものが噴き出していた。道なりに進むと、ロックバジリスクというモンスターとエンカウントした。

六本足で、大きなトカゲのような見た目をしている。

鑑定で確認したら、石化の魔眼を持っているから注意が必要と表示された。アインとドライには通用しないけどね。元々石だから。

「ワギャアオオオオオオオオオオオオン！」

接敵するとすぐに威嚇《いかく》してきた。

ロックバジリスクが大口を開けて叫んでいる。

竜種の咆哮には魔力が乗っている場合があり、硬直してしまうこともあるそうだ。幸いうちはアインとドライが前で受けてくれるから魔力の影響を受けることはないけどな。

ズドオオン！　開幕早々、ドライがロックバジリスクに鉄拳を食らわせる。

「おりゃ」

カッ！　ズドォォン！　俺の雷魔術が着弾した。あたりにオゾン臭のような生臭い臭いが立ち込める。

「ワギャッ!?」

お。効いたか？

ロックバジリスクは怯《ひる》んで体を硬直させる。

「ふっ」

アルカは一息呼吸すると、四本の矢を放った。ロックバジリスクの四つの目を矢が射抜く。これで石化の心配はなくなったな！

ロックバジリスクの頭上から、空歩で舞い上がったミーシャが攻撃する。

剣での鋭い一撃は、ロックバジリスクの延髄に入ったようだ。

昨日手に入れた竜特効のドラゴンショートソードがさっそく役に立ったな！

ロックバジリスクはザアッとドロップアイテムに変わり、魔石と爪を落とした。

この爪は毒があるらしい。錬金術で使うか、武器にするかでしか使えないみたいだった。

魔力探査を皆で広げて敵の少ない場所を選んで進むが、竜種のモンスターと何回か戦闘になった。

少し遠回りになったが、こっちの方が早そうだ。

階段を見つけた俺たちは六十階層へ下りた。

階段を下りた先には少し開けた場所があり、バカでかい石造りの扉が見える。

この中がボス部屋ということだろう。

扉にはデカデカと竜が彫られている。こういうドラゴンが中にいるのかな？

彫り物は精緻《せいち》で、今にも動き出しそうな竜が俺たちを見つめている。

その手前の開けた場所で俺たちは各自、装備の確認を始めた。

「皆、準備は良さそうか？」

準備の整った俺が皆を見回しながら言う。

「うむ。問題ない」

「異常なしです、マスター」

「あなた様、行けます」

「準備万端なのじゃ」

「ウォフッ！」

全員いつでも行けると言わんばかりの力強い眼差しだ。

じゃあ、行くか！

皆で扉を開けると、中には超巨大な茶色のドラゴンがうずくまっていた。

第十話　最強のドラゴン

俺は目の前にいたドラゴンにさっそく鑑定をかけた。

名前：アースドラゴン
説明：竜種。とても強くて大きい。

なんだよ!?　とても強いって。

いくら簡易鑑定だからって、今までに見たことないレベルの雑さだ。

中はだだっ広く、天井もそれなりに高い。

ゴツゴツとした岩で作られていて、野球場がいくつか収まりそうなくらい巨大な空間だ。

目の前のアースドラゴンはパチリと目を開けると、爬虫類独特の瞳孔が俺たちを捉える。

「グロロロロロロロロロロロロロロ……」

まるで地響きのような唸り声は、それだけで辺りの空気を振動させる。

ズンッ……立ち上がったアースドラゴンからとてつもないプレッシャーを感じた。

これぞドラゴンとでも言うような品格と偉大な佇まいだ。

「グオオオオオオオオオオオオオオオオオオン！」

アースドラゴンが咆哮を上げる。

ビリビリと鼓膜に響く声だ。

俺が耳を押さえていると、アースドラゴンの周りに魔法陣のようなものが五つ現れた。

鈍い音とともに魔法陣が展開されたかと思いきや、そこから五匹の竜が召喚された。

現れた竜は、アースドラゴンからすると子供のようだが、一匹一匹が相当デカい。ドラゴンがドラゴンを召喚するなんてありかよ！

驚愕しながらも、俺は鑑定を始めた。

名前：グランドドラゴン
説明：竜種。強い。

強いのは見りゃ分かるって！　最近使い慣れてきたかと思ったけど、やっぱり肝心なところでこの鑑定はポンコツなんだよな。

竜を召喚し終えると、アースドラゴンはその場に伏せた。

まるで〝こいつら相手にまずはお前たちの力量を見せてみろ〟と言わんばかりの態度だ。

いっぺんに相手しなくて良いってのは助かるが、随分と余裕そうだな、おい。

俺たちは五匹のグランドドラゴンと相対する。

「ギャオオオオオオオン！」

「ギャオッ」

「ガアッ」

「グルルルルル」

「フシューーッ」

五匹の大きな竜がそれぞれ咆哮を上げる。

こちらも構えて、気を巡らせた。

「ガアッ！」

先頭のグランドドラゴンが爪を振ってきた。

まずは様子見か。アインに盾で受けてもらうと、盾から金属が削れる音が響いた。

「おりゃ！」

カッ！　ズドォォン！

扇状に広がった俺の雷魔術で全方位攻撃だ。

グランドドラゴン五体とも捉えて放つ。

「ギャッ」

「グロロッ」

「ガッ」

「ギャガ」

「ギャギャ」

少しは効いたか？　グランドドラゴンたちが短い悲鳴を上げる。

「マリンちゃん、いくのじゃ」

ゼフィちゃんのかけ声とともに、水の精霊が無数の水刃を繰り出す。

「「ギャオオオオオオオオオオオオオオオオオオオッ」」

前にいた三匹のグランドドラゴンが一斉にブレスで反撃してきた。

いくつもの岩の砲弾が俺たちに向かって放たれる。

俺たちがアインとドライの後ろでやり過ごしていると、後ろに控えていた二匹のグランドドラゴンが地面を揺らしながら前に出ようとしてきた。

「あなた様！　後ろの二匹はお任せを！」

「のじゃ！」

アルカとゼフィちゃんが神獣に跨って叫ぶと、残りの二匹のグランドドラゴンがいる方に向かっていった。

こっちはブレスがやんだタイミングでミーシャが飛び出して連撃を食らわせていた。

先頭の一頭の頭部にダメージを与える。

「ギャオオオオッ」

左側にいたグランドドラゴンが太い尻尾を振った。

アインが前に出て盾で防ぐと同時に、ティファが氷魔術で右側にいた一匹のグランドドラゴンの足元を氷漬けにしていく。

「ギュアッ!?」

動けなくなっているのを見て、俺はすぐに雷魔術を放った。

「それ！」

氷漬けにされたグランドドラゴンに命中し、ドラゴンはたまらず悲鳴を上げる。

「ギャッ」

ミーシャがそのドラゴンに畳みかけるように攻撃する。

その剣はドラゴンの延髄にダメージを与え、さっそく一匹ドロップアイテムに変わった。

「グロロロロロロロ」

「フシュー―ッ」

こちらにいた残りの二匹のグランドドラゴンが、仲間が倒れたのを見て警戒心を強める。

「「ギャオオオオオオオオオオオオオオオオオオオオオオッ」」

二匹のグランドドラゴンがまたしてもブレスを放った。激しい岩の砲弾の雨がこちら目がけて飛んでくる。アインとドライがブレスを防いでいる間、ガンガンと岩が当たる音が鳴り響いた。

アインとドライの陰で俺は地面に手をつき、二匹のグランドドラゴンを拘束するべく大地の力を注ぎ込んだ。岩の地面が形を変えてヤツらの足元に伸びていく。

「「ギャオッ!?」」

足を拘束された二匹のグランドドラゴンが困惑した。

「さすがです。マスター」

ティファがそう言って、大きな氷の丸鋸を出現させる。

ギャリギャリと不快な音を立てながら、左側にいた一匹のグランドドラゴンの首が切り落とされ、ドロップアイテムに変わった。

もう一匹もアインの右ストレートとドライの連撃を食らってダウン寸前だ。表皮もボロボロになっている。

仕上げにミーシャが連撃を決めると、その攻撃のダメージで最後のグランドドラゴンもザアッとドロップアイテムに変わった。

一息ついた俺がアルカたちの方を見ると、あちらもゼフィちゃんがマリンちゃんによる水のギロチンで二匹のグランドドラゴンの首を切り落としているところだった。

これでグランドドラゴンは五体とも倒したな。

「グロロロロロロロロロロロロ……」

手下が倒されたのを察したのか、アースドラゴンがその巨大な体を起こす。

周囲の空気は、まるで不透明な霧《きり》が立ち込めるように重くなっていく。

その空気は息苦しさを感じさせた。

俺の心臓の音が外に響くんじゃないか、と思うくらい静かな雰囲気だ。

クソっ。それにしてもデカいな。

俺がアースドラゴンを見上げると、アルカとゼフィちゃんが神獣に跨って近寄ってきた。

「あなた様。そちらは大丈夫でしたか？」

「二匹の竜はこっちで屠ったのじゃ」

「ウォフッ」

「ああ」

空気が不安と緊迫感で満たされている中、俺が二人に答える。

竜の瞳孔はまるで巨大な虚空への入り口のようだった。俺たちを捉えた瞬間、ギュッとその瞳が縮まった。

「グオオオオオオオオオオオオオオオオオン！」

アースドラゴンの咆哮は、まるで大地自体が激しく震えるような音を発した。

その轟音は空間を貫き、鼓膜を揺さぶる程の力強い振動が辺りに広がる。

俺はその隙に地面に手をつきアースドラゴンを拘束するべく大地の力を注ぎ込む。

こんな強そうなのとまともにやってられるか！　俺たちはまだこの奥に用がある！　こんなところで消耗するわけにはいかない。

深く、深く大地の奥からアースドラゴンを地中に引きずり込むようなイメージを持って、力を注いだ。

ズゥウゥウゥウン！　アースドラゴンの巨体が地面に伏せられる。

そのまま寝ていろ！

続いてティファが氷魔術でアースドラゴンの四肢を固めていく。

「グ……グオオオオオオオオオオオオオオオオン！」

しかし、氷の割れる音とともにアースドラゴンが立ち上がる！

ぐっ。まじか……

俺は胃が捻られるような思いをしながら力を注ぎ続けた。

スゥとアースドラゴンが息を吸い込む動作をする。

ブレスだ！　アインとドライが防御を固める。

「マリンちゃん、防ぐのじゃ」

水の精霊が腕を振るうと、半球の水の膜のようなものが俺たちの前に張られた。

「ガアアアアアアアアアアアアアアアアアアアアアアアアアッ!!」

アースドラゴンの口から放たれた太く白い閃光は、まるで太陽のような明るさで目をくらませる。

水の防御が一瞬で溶けるように消えてしまった。

「マリンちゃん、まだなのじゃ！」

水の防御が張り直されるが端から溶けるように消えていく。

それに何より長い！　ブレスってこんなに長かったか!?

まるでスローモーションになったかのような錯覚を覚えた。ブレスが終わるのを身を縮めてやり過ごす中、その時間の流れの伸びや遅さは、まるで現実離れした奇妙な感覚を俺にもたらした。

「……アアアアアアアアアアアアアアアアアアアアアアアアアアアアアッ!!」

アースドラゴンのブレスがようやく終わる。

「マリンちゃん。よく持ちこたえたのじゃ」

水の精霊のマリンちゃんが小さくなり、幼女の姿に変わっていた。力を使いすぎたようだ。

「ふむ、ゼフィちゃん。マリンちゃんは大丈夫なのか？」

その様子を見かねたミーシャがゼフィちゃんに尋ねる。

「うむ、しばらく大人しくしておけば元に戻るのじゃ」

俺もその話を横で聞く。

「マスター。顔色が……」

ティファが俺を心配して声をかけてくれる。

「うぐ……アースドラゴンを、縛り付けるのが……キツくてな……」

今までの敵なら重力操作で縛り付けられたが、こいつはそう甘くない。

「グロロロロロロロロロロロロ……」

アースドラゴンは健在だ。

増大した重力の中で動きはかなり鈍くなっているが、俺たちが無事な様子を見て目を細めている。

アルカも目を狙って矢を放つが、ドラゴンは瞳を閉じて防いだ。

ミーシャの空歩からの連撃、ドライの拳での連続突きも、少し傷はつけられているものの効いているのかは分からない。

「マスター、行きます」

ティファも大技、氷の巨大な丸鋸の刃を繰り出す。

刃はアースドラゴンの首筋を捉えるが、その先に入っていかない。なんて頑丈なんだ！

「くっ」

ティファが悔しそうな声を上げた。

ルンが俺の頭から飛び降りて、アースドラゴンの顔に飛びついた。

ルンがアースドラゴンの鼻に侵入していく。

鼻から攻めるつもりか！

お得意の攻撃方法が決まるかに見えたが――

「ブシュ―――――――――ッ！」

アースドラゴンの鼻息で、ルンはあらぬ方向に飛ばされていってしまった。

くっ、俺もそろそろ限界だ！

「ぐっ……クソッ！」

俺は悪態をつきながら地面から手を離した。

「グオオオオオオオオオオオオオオオオオオン！」

アースドラゴンの咆哮が響く。まるで大地が抗議の声を上げるかのようだ。

「グアオッ！」

アースドラゴンが太い腕を振ったところを、アインが盾で受ける。

激しい衝突音とともに、アインの足元にヒビが入った。

「シッ！　シッ！」

ミーシャが空歩で近付き、アースドラゴンの首筋を集中して狙うが、その攻撃も硬い表皮に阻まれる。

「グロロッ」

アースドラゴンが嫌がるように首を横に振ったのを見て、ミーシャが離れた。

「ふっ」

神獣に跨ったアルカの矢がアースドラゴンの片目を捉えた。

「グロロロロオオオオン！」

アースドラゴンが暴れ回る。

その存在はまるで自然の怒りを具現化したかのようだ。

ドライが暴れるアースドラゴンの尻尾を掴まえた。

尻尾を掴みながら振り回されるドライ。

だが、なかなか決め手がないな。

ん……待てよ？　アースドラゴンって言ったよな。

「ミーシャ！　俺をアースドラゴンの背に連れてってくれ！」

あることを思いついた俺は、ミーシャに頼んだ。

「む!?　大丈夫なのか？　コウヘイ！」

形の良い眉をひそめながらミーシャが疑問の声を上げる。

「ああ、なんとかしてみる！」

いまだに流れる汗を拭きながら俺は答えた。

「マスター、足止めはワタシが」

ティファがそう言って、氷の魔術でアースドラゴンの足を止める。

アースドラゴンは嫌そうに首を振る。

「行くぞ！　コウヘイ！」

「おう！　頼む！」

俺を横に抱えてミーシャが空歩で跳んだ！　一瞬にして地面が遠くなる。

おお、空歩ってこんな感じなのな。

そんなことを考えている間に、あっという間にアースドラゴンの背に降り立った。

「それでコウヘイどうするのだ？」

揺れるアースドラゴンの背の上で訝しげにミーシャが尋ねてくる。

「こうだっ！」

俺はゴツゴツしたアースドラゴンの背に向かって、大地の力を吸い取るように手をついた。

アースドラゴンから俺に大地の力が流れ込んでくる。

スカッとした爽快感を覚えた。

こいつぁいいや。

「グロロッ!?」

バキバキと音を立てて、ティファの氷の拘束を外そうと身を捩《よじ》った。

ドガッ！　アインがシールドを押し付けて突進し、アースドラゴンを押さえつけようとする。

ドライもアースドラゴンの尻尾を離さないように食らいついていた。

神獣に跨ったアルカの矢が、アースドラゴンのもう片方の目に刺さった。

「グロロロロオオオオン!?」

アースドラゴンは怒りに満ちた姿勢で暴れ狂う。

地面が大きく揺れ動いた。アインとドライが必死に押さえている。

俺はその背に死にものぐるいでしがみつきながら大地の力を吸い取る。

さらに力がみなぎってきた。

ミーシャも俺と一緒にアースドラゴンの背にしがみついていた。

そこにティファが氷の魔術でもう一度アースドラゴンの拘束を試みる。アースドラゴンの四肢が魔術によって凍りついていく。

「グロロッ!?」

アースドラゴンは困惑しているようだ。

俺はしがみついているアースドラゴンの背から見て、地面が近付いてきたような気がした。

どうやらアースドラゴンの体が縮んできているみたいだ。

「マリンちゃん、援護じゃ」

水の幼女精霊も少し力を取り戻したようで水の刃でアースドラゴンを攻撃している。

みるみるうちに縮んでいくアースドラゴン。それでもまだ巨体だが。

俺は最初より二回り程小さくなったアースドラゴンを鑑定してみた。

名前：グレイトドラゴン
説明：竜種。強い。

力を吸い取ったことで、サイズだけでなく力も完全に弱体化したらしい。

これなら！

「ティファ！　いけるか!?」

俺はアースドラゴンの背にしがみつきながらティファに声をかけた。

「マスター、お任せを」

頼もしいティファの返事とともに、再び水の巨大な丸鋸が形成された。

グレイトドラゴンと化した元アースドラゴンの首筋には、今度こそ刃がしっかり通った。

ドスン！　グレイトドラゴンの首が落とされ、ドロップアイテムに変わった。

俺とミーシャは、ドラゴンがいきなり消えたことで空中に投げ出された。

姿勢を整えて地面に着地する。

するとどこかに飛ばされていたルンもポンポンと跳ねて戻ってきた。

ミョンミョンと上下に伸び縮みをしていて、俺たちを労っているようだった。

ははっ。お疲れ様ってか？

第十一話　ガーベラ

アインとドライがグランドドラゴン五体のドロップアイテムを集めてくれていた。

俺たちはアースドラゴンもとい、グレイトドラゴンのいた場所に集まる。

「強敵だったのじゃ」

ふぅ、と息を吐きながらゼフィちゃんが感想を言う。

「あなた様、お疲れ様です」

弓を自分の背にしまいながらアルカが言う。

「顔色が元に戻っておりますね、マスター」

ティファが俺の顔を覗き込んで安堵していた。

「うむ。コウヘイの手柄だな」

ミーシャは腕を組み頷いた。
俺はアースドラゴンがいたところにあった宝箱を鑑定した。

名前：階層ボスの報酬
説明：罠・なし。

「お、この宝箱は罠がないみたいだ」
俺はそう言うと、おもむろに宝箱を開けた。

名前：ドラゴンキラー
説明：竜殺しの大剣。

名前：ドラゴンアーマー
説明：竜鱗でできた鎧。

名前：ドラゴンシールド
説明：竜鱗でできた盾。

名前：陽炎《かげろう》の指輪《ゆびわ》
説明：陽の魔力アップ。分身を作り出す。

名前：夢魔の姿見
説明：夢の世界へ入れる。

あとはいつも通りのポーション類だ。

ちなみにアースドラゴンもといグレイトドラゴンからドロップしたのは、魔石とぶっとい牙だった。グランドドラゴン五体も同じく魔石と牙を落としていた。

「これは……ミーシャに扱えるものはないな」

心持ち落ち込んだ様子でミーシャが呟いた。

「あなた様、私もです」

アルカも宝箱を覗き込みながら残念そうに言った。

たしかに大剣なんて使う奴はウチにはいないもんなぁ。指輪もみんな持っているし。

「じゃあ、ひとまずは俺が預かっておくよ。盾はドライにでも持たせるか」

俺は報酬のアイテムを霧夢の腕輪にしまった。

「うむ。それでいいだろう」

ミーシャがそれを見て頷く。

「それでティファ、これからどうすれば良いんだ？」

俺は当初の目的であるダンジョンコアからあった要請について、ティファに尋ねる。

「はい、マスター。まずは奥の部屋の転移石まで行きましょう」

ティファの先導で奥の転移の間に入る。

ティファが転移石に手をかざし、何やら操作を始めた。

奥の一画が音もなく開かれる。

「マスターあちらです」

皆でティファが指し示した場所に入ると、下へと階段が続いていた。

その階段を下りたところで、ダンジョンコアのある部屋へたどり着く。

身の丈を超えるダンジョンコアが鈍い光を発し、俺たちを迎える。

ティファがスタスタとダンジョンコアに近付き、手を触れた。

ティファの漆黒の目に何やら文字列のようなものがチチチと流れる。

「マスター、お手を。このコアの異物の除去をお願いします」

ティファが漆黒の瞳で俺を見ながらそう促す。

「分かった」

俺はティファの隣に立ち、ダンジョンコアに手を触れた。

目をつぶり、ダンジョンコアの奥深くを探るイメージだ。

……ここだ。異物の痕跡《こんせき》を見つけ、大地の力を流す。

「マスター、この異物はスタンピードの件と無関係ではないようです」

ティファが瞳に文字列のようなものを光らせて抑揚なく言う。

そうなのか。薄々そうじゃないかとは思っていたけどさ。

ブウンと振動音がダンジョンコアから鳴る。

「異物の除去を確認……これよりセーフティモードを解除し、再起動します……」

ダンジョンコアから機械じみた声が響く。

「……再起動……第五百六十二番、手間を取らせました……」

第五百六十二番？　ティファのことだろうか？

「いえ、第五百五十五番。マスターのおかげです」

ティファが淡々とダンジョンコアに告げる。

「いやいや、ティファ。俺は大したことはしてないよ」

横で聞いていた俺は照れくさくなりながら答えた。

「いえ、マスター。今回の異変もマスターなしでは解決できませんでした。ありがとうございます」

ティファが俺の方に向き直り、透き通った漆黒の瞳で俺を見つめてくる。

「お、おう」

そうやって真っ直ぐな感情を向けられるのには慣れてないので、俺は思わずドギマギしてしまう。

「なんだぁ？　オーガもオークも失敗かぁ？　ゴブリンの方がまだ可能性があったか!?」

微妙な雰囲気が漂い始めたところで、どこかから聞いたことのある声が響いた。

部屋の隅に黒い渦が現れ、中から腕が伸びてくる。

姿を現したのは、あの金髪地黒のイケメン、サオルとかいう奴だった。

「ちっ、しゃーねえ。おい！　実験体。こっちに来い。お前が相手しろ」

サオルは舌打ちすると、黒い渦の中から何かを引っ張り出してきた。

それを見て真っ先に、ミーシャが声を上げる。

「む⁉　ガーベラ⁉　生きていたか！」

最初に見た時のピンクの髪もオレンジの目も今は両方とも黒く染まっていた。手足は鱗に覆われ、瞳孔は爬虫類のようで、翼と竜の角が生えていた。

髪と目の色が変わったからか、ますます元の世界にいた小鳥遊に似ているな。

俺は不思議な感覚に囚われたまま、叫ぶミーシャの声もどこか遠くに聞こえていた。ぼーっとしたまま目の前の少女を俺は鑑定する。

名前：ケイオスドラゴニュート
説明：邪神の眷属。

黒い渦の中から大剣を持ったガーベラが出てきた。

俺はいまだに一歩も動けずにいた。

「ここで実験体を使い捨てることになるとはなぁ……まぁしょうがない、あっちも手が足りてねぇからな。ほんじゃ、後ヨロシク。元、姫さんよ」

サオルはそう言って黒い渦の中に消える。渦は小さくなり、すぐにかき消えた。

「ガ、ガガ……」

ガーベラはガクガクと震えながら大剣を持ち上げた。

我を忘れているようだ。

「む、不味い。竜化している！」

赤毛の尻尾をブワッとふくらませながらミーシャが叫ぶ。

「あなた様！　しっかりしてください！」

呆けている俺をアルカが叱咤《しった》する。

「マスターの前には行かせません」

「ギルドにいた、いけ好かないおなごなのじゃ」

ティファとゼフィちゃんが俺を守るように前に出た。

「グ……ガ……ギ……」

ガーベラが苦しそうに大剣を正面に構えた。

「む、来るぞ！」

ミーシャが注意を促すとともに、ガーベラが羽を広げて低空で突進してくる。

その突進をドライがドラゴンシールドで受け止めた。

ダンジョンコアの部屋に衝撃音が鳴り響く。

ドライがガントレットでガーベラの大剣をいなす。

続けてガーベラが無茶苦茶に大剣を振り回すと、辺りに岩の破片が飛び散るが、それもドライが盾であしらう。

「ガアアアアアアアアアアアッ！」

バキィィィイン！　ドライの盾に当たり、ガーベラの大剣が半分のところで折れる！

「コウヘイ！　ガーベラは操られているんだ！　何とか元に戻せないか⁉」

ミーシャが俺に向けて叫んだ。

「え？　あ、う……」

俺は呆けたままガーベラを見つめる。ミーシャの声が遠くに聞こえる。

元に戻す？　だってあいつは小鳥遊じゃ……？

(杉浦せんぱーい！)

ぐるぐると思考が巡る俺の脳裏に、小鳥遊の声が響く。

「コウヘイ？　どうしたんだ？」

ミーシャが訝しげに、立ち尽くして動かない俺を見ている。

(用が無かったら、先輩に会いに来たら行けないんですか～？)

混沌とした感情が渦となって俺に押し寄せてくる。自分の存在があやふやなものに感じられた。

(杉浦先輩って付き合ってる人っていないんですか～？)

朦朧とした意識の中、夕日に照らされた、あの日の小鳥遊の姿が脳裏によぎる。

(じゃあ、その平凡なヤツを特別に想う人が居たらどうします〜?)

逃げ出してしまった遠い記憶が俺を打ちのめす。

クソッ！　後悔と不甲斐なさと未練がましい気持ちが俺の胸を締め付ける。

……それでも！　突きつけられた現実をかろうじて理解する俺は、状況を打破しようと決意する。

鳴り響く鼓動が俺を後押しした。

もう、どうにでもなれだ！

「つうおおおおおおおおおおおおおおおお！」

俺は叫び声を上げると、地面に手をつき大地の力を流していく。がむしゃらに暴れているガーベラを足元から岩が包む。

「ガァッ!?」

ガーベラが動きを止めた。

「うおおおおおおおおおおおおおおおお！」

俺は勢いよく前に駆け出し、ガーベラの前に躍り出た。

「コウヘイ!?」

「あなた様？」

ミーシャとアルカの怪訝そうな声が俺の耳に届く。

俺は折れた大剣を持つ腕ごと、ガーベラを強く抱きしめた。

ルンが俺の頭の上からぴょんと飛び降りる。

「ルン！　頼む！」

俺がそう叫ぶとルンが体を伸ばし、俺とガーベラを一緒に縛り付けた。

これなら回避できないはずだ。その間に俺はガーベラに大地の力を流し込んでいく。

「ガガガガ、ギィ、ガアッ！」

唸るガーベラが俺の肩口に噛みついてきた。

「ぐっ！」

俺は痛みに呻きながらも大地の力を流すのをやめない。

「おなご！　コウヘイを噛むのはやめるのじゃ！」

ゼフィちゃんが俺を心配して、ガーベラに呼びかける。

「ぐぐ……！」

痛みに耐えながらガーベラに大地の力を注ぎ込み続けると、だんだんと力が緩んできているのが分かった。

ガーベラの体から黒い蒸気のようなものが出てきて、徐々に髪や目の黒さも薄れていく。

そして同時に竜の羽根や鱗も小さくなり、瞳も最初に見たものに戻っていった。

「ハァハァハァ……誰かは、知らぬが、かたじけない……ハァハァ」

我に返ったガーベラがそう言って詫びる。

そんなガーベラの姿がまたしても知り合いの面影と重なった。

俺が改めてガーベラの顔を見ようと思ったら、彼女はガクリと気を失ってしまった。

俺も無我夢中だったこともあって、あまり何があったか鮮明には覚えていない。

いつの間にか俺の頭の上に戻っていたルンがミョンミョンと上下運動をしている。

「ルンもお疲れ様」

俺がルンに大地の力を注いでいると、ミーシャたちが駆け寄ってきた。

「大丈夫か!? コウヘイ」

「あなた様！」

「マスター、ご無事で」

「ポーションなのじゃ」

「ウォフ」

ミーシャとアルカ、ティファに心配され、ゼフィちゃんにポーションをかけられる。

俺は抱えていたガーベラをそっと横に寝かせた。

今度こそダンジョンの問題は全部解決したかな。

意識のないガーベラをアインに背負ってもらい、ダンジョンコアに触れて俺たちは地上へ出た。

冒険者ギルドの派出所があったので、素材を売却しておくことにした。そこで、受付嬢から声をかけられる。

「コウヘイさん、ティファさん、アルカさん、ゼフィさんは冒険者証の提出をおねがいします」

言われるがまま俺たちは冒険者証を提出する。

「おめでとうございます。昇級です」

しばらく待っていたら、俺の冒険者証が銅級になって返ってきた。これは嬉しい！

ティファ、アルカ、ゼフィちゃんの冒険者証は鉄級だ。

彼女たちも冒険者証を見ながら笑みを浮かべていた。

その後、俺たちは宿——飛龍の集いへと戻り、三人娘とロビーで合流する。

「お疲れぇ様ぁですぅ」

「ですです」

「アタシたち、銅級に上がったんだぜ！」

三人娘も昇級したのか。これはめでたい。

また昇級祝いで、皆で宴会だなっ！

誇らしげに冒険者証を見せてくる三人娘を見て、俺とミーシャは目を合わせてから頷いた。ミーシャはそのまま宿の受付へ交渉しに行ったようだ。

「やったな！　そういう俺たちも昇級したぞ！」

俺は胸元から真新しい冒険者証を取り出し、見せびらかす。

「わぁ、すごいですぅ」

「ですです」

「それじゃ、また宴会できるんだぜ！」

マロンたちが嬉しそうにはしゃぎ出す。

「おう。今、ミーシャが宿にかけ合ってくれているよ」

俺はちらりと受付の方を見ながら言った。

「わぁ、楽しみぃですぅ」

「ですです！」

「今度は飲み潰れないいんだぜ！」

今夜のごちそうに思いを馳せ、小躍りする三人娘を見ていたら俺も嬉しくなった。

「クルルゥ」

「キュアッ」

お？　ヴェルとアウラもいい子にしてたみたいだな。

籠の中の二匹が俺の顔を見つめて鳴いた。

「そういえばぁ、コウヘイさんにぃ会いたがっているぅ人がぁ来ましたぁ」

「ですですー」

「なんか綺麗な姉ちゃんだったぞ！　髪も見たことがないような色だったんだぜ！」

なぬ？　この国には知り合いなんてほとんどいないぞ？　しかも女性ともなると、まったく見当もつかないな。

俺が腕を組みながら考えていると、うめき声が聞こえてきた。

「う。ここは……？」

アインの背にいたガーベラが意識を取り戻したようだ。

「おう。飛龍の集いっていう宿屋のロビーだ」

俺はアインにおぶさっているガーベラに説明した。

「お主は……そうか」

フッとガーベラが笑みを浮かべる。

そこに、ミーシャが意気揚々と戻ってきた。上機嫌に赤毛の尻尾が揺れている。

「コウヘイ！　この後すぐにでもいけるそうだ！」

よっしゃ！　そうと決まれば、まずは宴会だな！

こうして俺たちは意識の戻ったガーベラも加えて食堂に向かうのだった。

第十二話　天龍来訪

竜王国での出来事も片付き、俺たちは無事森に戻ってきた。

だが、俺は新たな問題に直面していた。

「うん、それでキミはどう責任を取ってくれるのかな？」

俺は今、腕を組む綺麗なお姉さんの前で身を縮こませている。

俺の膝の上では、ヴェルとアウラがじゃれ合っていた。

「えっと、そのう……不可抗力と言いますか……」

嫌な汗をかきつつ、俺はモゴモゴと弁明する。

ヴェルとアウラは身を捩《よじ》らせてキャッキャと楽しそうだ。二匹が揃って俺の手をあむあむと噛んできた。

こらこら、お兄さんは今お話し中なんだよ？

その様子を、目の前のお姉さんは金色の目を細めて眺めるのだった。


何故こんな事態になったのか、時は少し遡《さかのぼ》り、俺たちが森の拠点に戻ってきてすぐの話だ。

竜王国からの帰り道については、ティファが竜の巣のダンジョンコアと交渉してくれたおかげで、ダンジョンから直接転移して戻ってくることができた。

俺も詳しくは分からんが、竜の巣は現在マスターが存在しないらしく、俺は仮のマスターとして承認されたようだ。それにより、俺の拠点まで転移の経路を開通させてくれたのだとか。

手に入れた混沌神の欠片は、いつも通りロキ神の像に捧げておいた。

問題が起きたのは、俺が風呂に入ろうと脱衣所から風呂場に向かった時だった。

人がいないことを確認したはずなのに、うちの温泉に先客がいることに気付いたのだ。

そしてそこで出会ったのが、この正体不明のお姉さんだった。

腰まで届く髪は、金とも銀とも取れるような不思議な色をしていた。だが、どこかで見たことあるような色合いだった。

そんなこんなでうっかり鉢合《はちあ》わせてしまった俺に、お姉さんは「話がある」と言って風呂から上がり、俺を呼び出したのだった。

「それで、どうしてくれるのかな？」

こめかみにぴしりと青筋を立てながらお姉さんは詰問《きつもん》してくる。

正直人がいるなんて思わなかったし、覗こうというつもりもさらさらなかったのだが、この段階で何を言っても無駄だろう。

「いや、悪気はなかったんです。すみません！」

結局俺は平謝りすることにした。

だが、そんな俺に対するお姉さんの反応は予想もしないものだった。

「悪気があろうとなかろうと、人様の子を拐《かどわ》かすなんて、良くないことです！」

「えっ？」

ん？　話が読めないな。拐かすってなんのことだ⁉

俺は呆けた顔でつい、疑問の声を上げてしまった。

「えっ⁉」

お姉さんもキョトンと金色の瞳を丸くする。

「……あのう、人を拐かすとはどういうことでしょう？」

てっきりこっちは裸を見られたことを怒っているんだと思っていたんだが。

疑問に思った俺は、お姉さんに尋ねた。

「キミのその腕の中にいる子よ！　どこかから拐ってきたんでしょう⁉」

綺麗なお姉さんは眉間にシワを寄せると声を荒らげた。

「ええ⁉」

俺の腕の中にいるのはヴェルとアウラだ。どっちのことだ⁉　それとも……両方？

「えっと……どっちでしょうか？」

俺はヴェルとアウラを順番に掲げて再度確認する。

「……そっちの天龍の赤ちゃんよ」

綺麗なお姉さんは片手で眉間を揉みほぐしながら、もう片方の手でアウラを指した。

「アウラでしたか。アウラはドワーフの国に行った時に卵を預かることになりまして……」

俺はドワーフの国でアウラの卵を手にするに至った経緯を説明した。

「……で、その邪神の眷属のガイシャリってヤツの荷物の中に、孵化《ふか》寸前の卵が入っていたんです。それがこのアウラの卵でした」

俺の話を聞きながらお姉さんは腕を組んだ。形の良い胸がつぶれて盛り上がっている。

「そう。それでキミはその子をどうするつもり？」

お姉さんが、金色の瞳で俺を睨みつける。

「どうするも何も育てるつもりですが……」

俺は困ったように肩を落としながら言う。

「人に龍が育てられますかっ！」

ダン！　とお姉さんがテーブルを叩いた。

「クルルゥ？」

「キュアッ？」

リビングに音が響き、俺の腕にかぶりついていたヴェルとアウラはピクリ、と首をお姉さんの方に向ける。

「う……ゴホン！　つまり私が言いたいのは、元の天龍の親御さんのところに返しなさい、ということよ！」

お姉さんは咳払いした後、そっぽを向いて言い放った。

ヴェルとアウラに無垢《むく》な瞳を向けられて気まずくなったのだろうか？

「いや、まぁ、この子に龍の親が必要なのは分かりますが……お姉さんはこの子の親のことをご存知なんですか？」

「う……」

痛いところを突かれたようで、お姉さんが呻《うめ》いた。

「仲間内でも子を産んだって話は聞かないし、実はどこの子か分かっていないのよね」

それから口に手を当ててモゴモゴしていたが、声が小さすぎてよく聞き取れなかった。お姉さんがキッと俺の方に向き直る。

「とにかく！　その子を育てるとなったら、同じ種族の天龍が必要なの！　だからこれからはエウリフィアお姉ちゃんも見ますからね！」

腰に片手を当て、もう片方の手で俺の方を指差してエウリフィアと名乗るお姉さんはそう言い放った。

かくして我が家にまた一人、この天龍のお姉さんことエウリフィアという住人が増えたのだった。


また風呂に入ってくるというエウリフィアを見送ってから、俺は新しく部屋を作ることにした。

一つは今話していたエウリフィアの分、もう一つは竜王国から一緒に移動してきたガーベラの分だ。

つい先日、竜王国から戻ってきたばかりで数日は客間に泊まってもらっていたが、いい機会だし一緒に作った方がいいだろうと考えたのだ。

ちなみにガーベラは今、ミーシャと森に狩りに出かけていて不在だ。

どうやらスタンピードを撃退する際、一緒に行動していて打ち解けたのだとか。

まぁそれはいいんだが、ガーベラが一緒に来た理由が問題だ。

どうやら俺と婚約の儀を済ませたからと言っていて、あれ以降俺のことを「婿殿《むこどの》」って呼ぶようになっているのだ。

いやいや、婚約ってなんのことだ？　と思って確認したんだが、何でも竜人族の古い習わしでは、相手の肩に噛みついて求婚するというものがあったらしい。現在ではあまり見られなくなったようだが、一部の伝統を重んじるところでは残っているそうだ。解説するガーベラからは、伝統的な儀式に憧れている様子が見られた。

俺が白馬の王子様にでも見えているということだろうか？　女心はよくわからん……

まさかあの時ガーベラを助けるために起こした行動がこんな波乱を呼ぶとは。

俺はしばし物思いに耽《ふけ》りながら、ガーベラとエウリフィアの部屋を大地の力で作り上げた。

ベッドと机も完備だぜ！　ガランとしていて他に何もないけどなっ！


「お？　こんなのもあったのか……」

別の日、俺は滅多に開かないダンジョンシステムのウィンドウを表示して機能を確かめていた。

最初にミーシャに相談してドン引きされて以来、自ら開くことがなかったものだ。

だが、最近、ダンジョン絡みの事件がよく起きるので自分でも確認しよう！　と思い至ったのだ。

色々機能があるため、正直全部は把握しきれん！

だがしかし、そんな俺でも気になる項目があった。

食材だ。なんと、元の世界の食材が、すべてではないとはいえ召喚できるみたいなのだ！

有名な某ファーストフード店の商品もあった。

どれどれ久しぶりに食ってみるか、とダンジョンポイントを使って召喚してみる。

魔法陣から浮かび上がったのは、ハンバーガーとフライドポテト、ドリンクのセットだ。

まずはコーラを……一口ストローで飲み込む。

つくぅぅぅぅぅぅぅぅぅぅっ！　コレコレ！　久しぶりすぎて喉に来るぜ。

若干、涙目になりながらもコーラの余韻を楽しんでいると、誰かと目が合った。

口元で人差し指を咥えて、俺を金色の瞳でほへぇっと眺める緑髪の幼女がいた。

ノーナだった。頭にスライムのルンを乗っけていて、アホ毛が潰れている。

「コーへ、何してる？」

ノーナが無垢な瞳で尋ねてくる。

う……皆に隠れてつまみ食いを……違うんだ！　ちょっと魔が差しただけなんだ！

「……うん。ノーナはお利口さんだから、これをやろう」

俺はもう一つ、ハンバーガーとポテトのセットを召喚した。

「くんくん、いい匂い。コーへ、のーなも食べていい？」

ノーナが匂いを嗅ぎながら尋ねてくる。

「ああ、みんなにはナイショダヨ？」

若干カタコトになりながら俺は答える。

ノーナが紙の包みに手間取りながらも開いてから、ハンバーガーにかぶりついた。

「！　やわらかくておいしい！　です！」

小さな両手でハンバーガーを持ち、ニパーと満足そうな笑みを浮かべるノーナ。

うんうん。たまに食うのが良いんだよな。

「何やら良い匂いがします。お姉ちゃんにもそれをよこしなさい！」

そこへ、クンクンと形の良い鼻を鳴らしながらエウリフィアが入ってきた。ヴェルとアウラを胸に抱いている。

「あい。いい子にしていないともらえないのです！」

口元に食べかすをつけたノーナが、えっへん！　と胸を張りながら言う。

「お姉ちゃんはいい子でしょう？　キミもそう思いますよね？　ね？」

途端に眉を落として、エウリフィアが俺にすがりついてくる。

なんかもう必死なのでエウリフィアにも渡すことにした。

「はい、エウリフィアこれ」

俺は魔法陣から召喚されたハンバーガーセットをエウリフィアに差し出す。

「お姉ちゃん、もしくはフィアちゃん」

ぷいっと顔を背けるエウリフィア。

「うん？」

ハンバーガーセットを差し出したまま固まる俺。

「もう！　お姉ちゃんかフィアちゃんと呼ぶのです！」

途端にエウリフィアが大声を出した。

「じゃあ、フィアで。いらないのか？」

俺はハンバーガーセットを引っ込める素振《そぶ》りを見せた。

「いります！　もうキミは意地悪なんですから」

片手にヴェルとアウラを抱きながら、あむっとハンバーガーに食らいつくエウリフィア。

「〜〜〜ッ！」

エウリフィアは一口食べると驚いた表情をして、そのままはぐはぐとハンバーガーを食べ進める。

フライドポテトにも手を伸ばして、コーラでごくごくと流し込んだ。

「つくぅぅぅぅぅぅぅぅぅぅぅっ！」

目に涙をためてニンマリと微笑むエウリフィア。初めて飲む炭酸はさぞ効くことだろう。

ノーナもフライドポテトを小動物のように食べている。

ノーナの頭の上のルンも興味をそそられたのか、体を伸ばしてコーラを吸い上げた。

ルンの体のあちこちが爆ぜるように伸び縮みする。ははっ。パチパチするってか？

「コーへ。またいつか出してくれる？」

ハンバーガーセットを平らげたノーナが上目遣いで俺に尋ねてくる。

「ああ、いい子にしてたらな」

俺はノーナの頭を撫でてやった。

「その時はお姉ちゃんも呼ぶのですよ？」

あっという間に食べ終わったエウリフィアも、ノーナに便乗してきたのだった。


それから数日後、俺たちは今、スティンガーの町の孤児院に来ていた。

「はいぃ、いい子にぃしましょうねぇ」

「ですです」

「悪ガキども、大人しくするんだぜ？」

三人娘が張り切って孤児院の子供たちの面倒を見ていた。

「あい！」

ノーナがつられて、手を挙げて返事する。

俺は抱っこ紐にヴェルとアウラを抱えたまま、そんな三人娘の姿を眺めていた。そばではアインが静かに佇み、ルンは俺の頭の上にいる。

この孤児院は、三人娘がお世話になった場所だそうで、たまに差し入れとして何か贈っているらしい。その話を聞いて、俺はノーナの教育にいいかと思い、彼女たちに連れて行ってもらえるようお願いしたのだ。それにノーナも同年代の子と触れ合う機会を作らないとな。

「なぁ、姉ちゃんたち。冒険者の方はどうなんだ？」

孤児の一人、わんぱくそうな少年が三人娘に問いかける。

「はいぃ。マロンたちはぁ銅級にぃ上がりましたぁ」

「ですです～」

「これで初心者とは言わせないんだぜ！」

三人娘が誇らしげに冒険者証を掲げて言った。

「あい？」

ノーナが不思議そうに三人娘を見る。

いつの間に？　と言ったところか。

ノーナは竜王国に行っていた時は留守番していたから知らないのも無理はない。

「おお、すげー」

わんぱくそうな少年が感嘆の声を上げる。三人娘もちょっと得意そうだ。

「なー。あんちゃんは何級なんだ？」

おっと、今度は俺か。わんぱくそうな少年が俺の方に好奇心の目を向ける。

「俺も一応、銅級だぞ」

俺は胸からちらりと冒険者証を出しながら言った。

「へぇー。なんか平凡そうな見た目だけどなかなかやるんだな！」

わんぱく少年は、悪気がなさそうに両腕を頭の後ろで組みながら言った。

う。こんな小さい子にも平凡と言われるとは……

俺はショックを慰めるように頭の上のルンを撫でた。

「そうですぅ。コウヘイさんはぁやるんですよぉ」

「ですです！」

「アタシたちも助けてもらったからな！」

三人娘がそんな俺の様子を見てフォローしてくれる。

「すげーんだな、あんちゃんは！　んで、そのちっこいのは誰だ？」

三人娘のフォローで評価を上方修正したのか、俺にキラキラした瞳を向けてくる少年は、そのままノーナを見た。

「だれー？」

「かわいい子ー」

他の孤児の子供たちもノーナの周りに集まり、ワイワイと取り囲む。

「ほれ、ノーナ。あいさつ」

俺はノーナの背中をぽんと叩いた。

「あい！　のーな、いいましゅ」

ピョコンとノーナが手を挙げて答える。つられてアホ毛が揺れる。

「オレはダンっていうんだ。よろしくな！」

へへっと、鼻の下を人差し指で擦るダン。

「あい！　よろしくです！」

ペコリとお辞儀をするノーナ。

「あっちで冒険者ごっこしようぜ！」

ダン少年がノーナの手を取り駆けていく。

うんうん。同年代の友達をしっかり作るんだよ。

俺はそんなノーナたちの姿を微笑ましそうに見つめたのだった。

孤児院の子供たちに料理を振る舞おうと考えた俺は、厨房を貸してもらった。

霧夢の腕輪から籠を取り出し、ヴェルとアウラを移すと、手を清めた。それから腕輪から材料を取り出す。この腕輪は本当に便利だよなぁ。

こちらの米にあたる食材の泥麦、卵にトールコッコの肉、バターや塩コショウなどを取り出した。

ケチャップはトマトもどきから作る。

これから料理するのは、子供ならみんな大好きであろうオムライスだ。

まずは米、もとい泥麦を炊いておく。その間に自家製ケチャップ作りを並行して行う。湯剥きしたトマトもどきと、ざく切りにした玉ねぎもどき、薄くスライスしたニンニクもどきをボウルの中で攪拌《かくはん》していく。魔術を併用して滑らかにしていった。鍋に入れて中火で熱し、酢、砂糖、塩、コショウで味付け。煮立ってきたところで弱火にしてコトコト煮込む。

ちょうど米が炊けたので、今度はチキンライス作りだ。

トールコッコの肉、玉ねぎもどきを一・五センチ角に切る。

デカいフライパンでバターを中火で熱し、トールコッコと玉ねぎもどきを炒めていく。トールコッコの肉の色が変わり、玉ねぎもどきが透き通ってきたら塩コショウで味付け。炊いた泥麦を投入してほぐした。

うん、こんなもんか？

炊いた泥麦がぱらりとしたら自家製ケチャップを加えて、上下を返すように混ぜながら炒めた。

おしっ、これでチキンライスの完成だ！

あとは生地作りだ。卵を割って黄身と白身が混ざるまでしっかりと溶きほぐし、ミルクと塩を少々加えておく。普通の大きさのフライパンを熱し、油を広げてから、溶いた卵を流し、フライパン全体にサッと広げた。中心部分を手早くかき混ぜる。

火が程よく通ったらチキンライスをラグビーボールのような形にして乗せ、卵をそっとかぶせていく。フライ返しを上手く使ってフライパンから皿に移せば完成だ。

出来上がったものから順に冷めないように腕輪の中に移しておく。霧夢の腕輪に入れておけば、作った状態のまま保存できるからね。

食事時になったタイミングで、俺は食堂へ行き配膳を始めた。アインにも手伝ってもらう。そこへガヤガヤと子供たちが入ってきた。

「うおー！　なんだかいい匂いがするな！」

「クンクン、ジュルリ」

「美味しそう……」

「あい！　コーへのお料理はおいしいのです！」

子供たちの声に混ざってノーナの声が聞こえてくる。

「はいぃ、皆さん～手をぉ洗いぃましたかぁ？」

「ですです」

「忘れてたんだぜ！　アタシは洗ってくる！」

子供たちの面倒を見る三人娘。何人かがエミリーについて、食堂を出た。

「あらあらまぁ、こんなに豪華なお食事をありがとうございます」

院長先生だ。白髪で結構な年の老婦人に見えるが、背筋は伸びており、シャンとしている。

「いいえ、ウチのノーナがお邪魔しているので」

俺は院長先生におじぎをした。

皆が席についたところで、食事の前のお祈りをする。

創造神と眷属神に対するお祈りだ。これは貴族だけがするものと思っていたが、教育として行っているのだろうか？

「ではいただきましょうか」

院長先生が手を合わせてにこりと微笑んだ。

皆が匙《さじ》を取り、口に運ぶ。

「泥麦がぁ美味しいぃですぅ」

「ですです」

「アタシは美味ければ何でも良いんだぜ！」

パクパクと食べ進める三人娘。

「あんちゃん！　美味えぜ！」

「はぐはぐ……」

「ふわふわの卵の生地はまるでドレスのよう……」

子供たちは元気いっぱいにほおばっている。一人、うっとりとしている子もいるな。

「あい！　コーへ、いつもありがとうです！」

ノーナが俺の方を向いてお礼を伝えてきた。

皆の様子を見ながら俺も一口食べる。

美味い！　濃縮された旨味のチキンライスをふわふわの卵が包んでいて、赤いケチャップが彩りを加えている。

俺はノーナが同年代の子とにこやかに食事をしているのを見つめながら、オムライスを食べたのだった。

第十三話　眠り姫の噂

次の日、俺とノーナは王都へ向かっていた。

せっかく町に出たなら、そのまま公爵家に顔を出そうという話になったのだ。何日かかかるが、ノーナも姉妹を気にしているようだしいい機会だろう。

「あい！　シルヴィ、すごい！」

ノーナがアホ毛をピョコピョコ揺らしながら、感嘆の声を上げる。

「おう、こんな短期間ですごいな！」

俺も思わず感心した。

公爵家に着いてさっそく、姉妹たちが見せてくれたのは、以前俺が渡したコアから作ったゴーレムとスライムだった。まさかもうここまでできているとは。

「はい、コウヘイ様のお陰です」

「しるゔぃ、がんばりました！」

姉のシャイナは俺に会釈をし、妹のシルヴィアはフンスと胸を張っていた。

俺たちがいるのは、公爵家の庭園のテーブルセット。

今日はノーナ以外は従魔のルンとヴェルにアウラ、それからアインだけだ。

「錬金術というものはとても奥が深いです……」

「しるゔぃ、たくさんおべんきょうしました……」

若干遠い目をして答える令嬢姉妹。

二人とも、一から勉強を始めてここまでできるようになったということか。

数々の教材や素材に、錬金術師の講師の手配を揃えたのは、流石は公爵家の財力ということだろう。もちろん、それ以上に姉妹の努力の賜物《たまもの》だと思うが。

「ベス、コウヘイ様にご挨拶するのですよ」

広い中庭に設けられたお茶会の席から、シャイナがスライムに目を向ける。

「まーがれっとも、あいさつします」

シルヴィアもゴーレムに声をかける。

スライムがベスで、ゴーレムがマーガレットと言うらしい。

色が赤い人造スライムのベスがポヨンポヨンしている近くで、球体関節人形のマネキンのようなゴーレムが胸の前で手を交差させて、チョコンと膝を折る。

おお、二体とも言葉を理解しているのか。

「これはご丁寧に、どうも」

俺も席を立ち胸に手を当て、腰を少し折って返礼した。

ルンは俺の頭の上で元気よく上下運動をし、アインも直立のまま胸をトントンと二回叩いた。うちの子たちも対抗意識を燃やしているようだ。

「クルルゥ」

「キュアッ」

籠の中のヴェルとアウラも可愛く挨拶していた。

「ふふ、二匹とも相変わらず可愛らしいですね」

「はい、ゔぇるとあうら、かわいいです」

シャイナとシルヴィアが、コロコロと転がる二匹を見て微笑む。

テーブルの上の茶菓子を分けてやると、二匹はあむあむと噛みついた。

それを見てルンがミョンミョンと上下運動した。ルンも欲しいってことだよな？　俺はそう察してルンにも分けてやった。

ソレを見て赤いスライムのベスがポヨンポヨンとその場で跳ねる。

「まぁ！　ベスも欲しいのかしら？」

首を傾げたシャイナが茶菓子を切り分け、ベスに与える。ズワッと広がり捕食するとシュワシュワと溶かした。

人造スライムでも捕食はルンと同じなんだな。

「ふふ」

スライムのベスが一生懸命に茶菓子を溶かす様子を見て、はにかむシャイナ。

「ねえさま、しるゔぃも、あげていいですか？」

舌っ足らずな喋り方でシルヴィアが姉に尋ねる。

「ええ、よくってよ」

微笑みながらシャイナが答えた。

シルヴィアも姉の真似をして茶菓子をベスに分け与える。

人造スライムのベスはポヨンポヨン、ズワッ、シュワシュワと跳ねたり捕食したり忙しくしていた。

ゴーレムのアインとマーガレットは、少し離れたところで無言のやり取りを交わしていた。

何を話しているのだろうか？　ゴーレム同士で何か通じ合うものがあるのか？　でもアインとルンもたまに無言のやり取りをしているんだよな。

そんなことを考えながら、俺がルンを撫でていると、シャイナがカップを置いて尋ねてきた。

「コウヘイ様は眠り姫のお話はご存知？」

「眠り姫？　いや、まったく知らないな」

俺はシャイナの問いに、首を横に振った。

なんだろう？　王子様のキスでもすりゃ起きるのか？

「とある聖堂のお嬢さんらしいのですが、長い間眠りから目覚めないらしいのですよ」

シャイナが少し困り顔で俺に言う。なんとも奇妙な話だ。

「それはいつぐらいから？」

「ここ最近のお話ですわ」

詳しい話を聞くと、どうやら眠り姫は聞けばまだ若く十歳に満たない少女なのだとか。

聖堂は人脈の伝手をたどって解決する術を模索しているらしい。

なんでも、その少女が聖女候補の一人で、かなり大事な方だからだそうだ。

それっきり眠り姫の話は特に出ることなく、その後はシャイナたちとのお茶を楽しんだのだった。


俺とノーナは、そのまま公爵家に泊まらせてもらうことになった。

前の時のようにサウナ式の風呂に入り、小姓たちに着替えさせられていく。以前に頂いた服を着て夕食会に向かった。広い食堂の一角、長テーブルに案内される。

俺の隣には可愛いドレス姿のノーナが、向かいにはシャイナとシルヴィアが座っていた。

「それでは祈りを。創造神と眷属の神々に感謝を」

シャイナが手を組み食前の祈りを捧げる。

「「感謝を」」

俺とシルヴィアがその後に続く。

「あい、かんしゃを」

ノーナも見よう見まねで祈りを捧げていた。孤児院でもしていたからな。

まずは前菜が運ばれてきた。鮮魚のカルパッチョのようだ。つぶつぶの魚卵が添えてある。口に運ぶと、シャキシャキの野菜と新鮮な魚の風味が口の中に広がる。プチプチと魚卵が弾けていいアクセントだ。

ちらりと隣のノーナを見ると、メイドの手伝いで食事を進めていた。

次の皿は鶏肉だろうか？　テリーヌのように仕上げられており、まろやかなソースがかかっていた。

ヴェルやアウラの従魔組はといえば、前回公爵家にお邪魔した時と同様に、別のテーブルでメイドたちの世話を受けている。キャイキャイとした小声が聞こえた。

その次は皿の上に何か四角いものが乗っていた。これも鶏肉だろうか？　もしかしたら鴨《かも》かもしれないな。練り物のようで滑らかに仕上げられていた。

「ノーナ、どうだ？　美味しいか？」

普段とは違う食事をしながら、俺はノーナに声をかけた。

「あい！　とてもおいしいです！」

ノーナがニパッと笑った。

その様子を公爵姉妹もニコニコと眺めていた。

その次に出されたパスタも美味かった。ツルッとした麺に旨味の凝縮された豚肉のソースがよく絡んでいた。

メインはでっかいエビが横から真っ二つに割られたものだ。香草とパン粉がまぶしてあり、オーブンか何かで焼き上げられたものっぽかった。芳しい海鮮の香りがした。

デザートは、なんだろう？　上品な甘さとほろ苦さが共存しているケーキだった。ティラミスに近いかもしれない。

こうして俺とノーナは、公爵家での優雅なひとときを楽しむのだった。


令嬢姉妹と会って数日が経ったある日。

森の拠点の居間で、俺はエウリフィアと向かい合っていた。

「というわけでお姉ちゃんのお願いを聞いてほしいんだけど」

本題にはまだ入っていないが、どう言うわけか俺は今エウリフィアから相談を受けていた。

なんだ？　またハンバーガーセットが食べたくなったのか？

「実はお姉ちゃんの古い知り合いなんだけど……」

ハンバーガーは関係なかった。

話を聞くと、どうやら令嬢姉妹が言っていた眠り姫に関係するお話のようだ。

だが、それを聞いて俺に何ができるのだろう。

言っちゃ何だが、俺は平凡な男子高校生で　医者やそういう心得がある人間ではない。

俺は少し難しい顔をして話の続きを聞いた。

「ほら、前にさ、キミがダンジョンの報酬で鏡を得たらしいじゃない？　ソレがあれば解決～？なんて……」

エウリフィアが宙に視線を向けながらあやふやなことを言ってくる。

ん？　それはそうと鏡だって？　そんなんあったかな。

俺がガサゴソと霧夢の腕輪の中を漁ると……

名前：夢魔の姿見
説明：夢の世界へと入れる。

あったあった。

俺の身長程もある鏡で、縁が妙に人骨っぽくて不気味で趣味の悪い鏡な。

部屋の中に飾るとなんか不吉なことが起きそうだから、霧夢の腕輪にしまいっぱなしにしていたやつだ。この鏡でいったいどうしろって言うんだ？　エウリフィアは。

「お姉ちゃんが思うに〜、その女の子の夢の中に問題があるんじゃないかと思うのよ〜」

エウリフィアが顎に指を当てながら話す。

いや、まぁ眠り姫だっけ？　お気の毒とは思うが今のところ分からないことが多すぎて……

俺は腕を組んでさらに難しい顔をした。

「じゃあ！　お姉ちゃんの貸し一つで！　天龍の貸しよ。これは大きいわ！」

腰に片手を当てて、一本指を自分の顔の前に出しフンスと鼻息をつくエウリフィア。

「それで、仮に夢の中なんかに行って解決できるのか？」

俺はなおも疑問に思い、眉をひそめながらエウリフィアに尋ねる。

「それはお姉ちゃんにも分からないわ！」

エウリフィアがきっぱりと言い切った。

なんでも自信満々に言えばいいってもんじゃないぞ？

俺は片眉を上げて胡散臭そうにエウリフィアを見た。

まぁ、結局エウリフィアの押しに負けて、俺は渋々眠り姫のところへ向かうことになったのだった。


天龍状態のエウリフィアの背に乗り、俺たちはあっという間に王都までやってきた。

俺と一緒にいるのはミーシャ、ノーナ、ガーベラ、クーデリア、アインにルンだ。

事情を説明したら皆快くついてきてくれた。

王都の近くに降り立ち、歩いて王都に入る。

エウリフィアの案内で街の聖堂へ向かうと、なかなかの大きさに圧倒された。

中へ入ると荘厳な雰囲気が漂っていて、天井に取り付けられた壮麗なステンドグラスが日の光を受け入れ色鮮やかに輝いていた。まるで神秘的な光の柱が空間を彩っているかのようだ。奥には創造神だろうか？　一体の大きな神像があり、内壁の両脇には眷属神と思われる神像がずらりと並んでいた。祭壇《さいだん》は美しく装飾され、神々しい雰囲気を纏っている。

こちらの宗教観はまったく分からないが、俺はついキョロキョロと辺りを見回してしまう。ノーナも、ほへぇっとした表情で見ていたが。

建物の奥の扉から神父らしき人が出てきた。

結構な歳だ。杖をつきながら歩いてくる。

「これは、天龍様。ようこそおいでになりました」

ペコリと神父らしきお爺さんがお辞儀をする。

「ガイちゃん、この間ぶり～」

神父らしき人の挨拶に、エウリフィアが手をパタパタしながら軽く答える。

「して、天龍様。お側の者は？」

ちらりと俺たちを見ながら問いかける神父らしきお爺さん。

「うん。例の聖女ちゃんの件の助っ人よ～」

手をひらひらとさせたままエウリフィアが言うと、神父らしきお爺さんが奥の扉を指さした。

「ニヴァリスの件でしたか……こちらへどうぞ」

おじいさんの案内で、俺たちは奥の部屋へ案内された。

ノックをして入るとシスターらしき人が誰かを看病しているのが目に入った。

窓は締め切られていて、ろうそくの火がゆらゆらと部屋の中を照らしている。

寝台には幼い少女が寝かされていた。

「ガイウス様、何用ですか？」

陰鬱《いんうつ》な雰囲気の中、シスターらしき人が椅子に腰かけながら俺たちの方へ振り向く。

「うむ、ニヴァリスの件でな。天龍様が人をお遣わしになったのだ」

「まぁ！　それでは？」

シスターらしき人と神父のおじいさんが何やらやり取りをしている。

「さ、キミはアレを出して～」

エウリフィアに促されて、俺は夢魔の姿見を霧夢の腕輪から取り出した。

薄暗い部屋と相まって、姿見はより一層不気味に見える。

「まぁ！　それは呪具ですの？」

目の下にクマがあるシスターらしき人が、両手を口に当てて驚きの声を上げる。

「呪具かどうかは俺にも分かりません。ただ、夢の世界へ入れるとだけ……」

訝しげに見ているシスターらしき人へ、俺は説明する。

「つまりこの鏡で夢の中に入って聖女ちゃんを起こすのよ～」

エウリフィアが自身の考えを簡単に説明する。

夢魔の姿見をベッドに寝ている少女の頭の先に設置すると、鏡の鏡面から薄ピンク色の霧が出てくる。あんまり吸い込みたくない色だな。

霧は少女の体の上で渦を巻き、足先に向けて一条の霧を伸ばした。

一本の伸びた霧は、一筆書きで細長い長方形を描いた。人一人分くらいの大きさだ。

長方形の面の部分は向こう側を見通すことができない。

なんだろう？　ゲートのようなものか？

「これで～、キミたちで聖女ちゃんを夢の中から起こしてあげてちょうだい～。お姉ちゃんは鏡を見張っておきます～」

一向に足を踏み出さない俺たちに向かって、軽いノリでエウリフィアが言う。

こっから入るの？　なんか入り口がいかにも不安定で、頼りないんですが⁉

俺たちはお互いを見つつ、なんとも言えない不気味なゲートのようなものを見た。

「大丈夫よ～。お姉ちゃんがしっかり見張っているから～」

エウリフィアが胸を張り、ポンと胸を叩く。

まったく頼りにならなそうなエウリフィアに、皆が疑いの眼差しを向ける。

俺は一抹の不安を抱きつつも、夢の世界へ向かうことを決める。

「フィア、しっかり見ててくれよ？　フリじゃないからな？」

俺は一応エウリフィアに念押しした。

「お姉ちゃんにまっかせなさい！」

胸を叩き、フンスフンスと鼻息も荒く答えるエウリフィア。

本当に大丈夫なんだろうか？

俺たちは意を決して、夢魔の姿見が作り出す薄ピンク色の霧のゲートに潜り込むのだった。

第十四話　夢世界へ

ミーシャ、ガーベラ、クーデリアが各々武器を振るい、黒い影のようなモンスターを倒した。

ミーシャは短剣二本、ガーベラが大剣、クーデリアがハンマーだ。

ガーベラが持つ大剣は、以前にアースドラゴンを討伐した時に手に入れたドラゴンキラーをあげた。一緒に手に入れたドラゴンアーマーもガーベラが装備している。

武器を振るわれた相手は致命傷を負ったのだろうか、サラサラと白い粉に変わる。

ここはニヴァリスという少女の夢の中。辺り一面は見渡す限り荒野である。

地面に岩がゴロゴロと転がっている。

夢の中に下り立った俺たちが荒野をあてもなく歩いていたところ、今しがたモンスターに襲われたというわけだ。

俺は軽く一息ついて風に流されていく白い粉を見る。

なんかこの敵の倒れ方見たことあるなぁ……いや、まさか。

こんないたいけな少女にまで、あいつらに手を出すヒマがあるとは思えない。

しかし、夢の中といっても随分と広いんだな、ここは。

この世界に来て、結構な時間歩き続けたが、今のところ手がかりは見つかっていない。

地面を見回していると、何かが鈍く光っていた。

疑問に思い、近付いてみると、何かの柄のようなものが荒れた地面に突き刺さっていた。俺は片眉を上げて鑑定を行った。

名前：妖精剣

説明：妖精の剣。

鑑定結果によると剣らしいのだが、剣とは名ばかりで刀身が存在しない。

俺はおもむろに妖精剣と言われる柄を掴んでみた。

ブウウウン！　柄を握ると、緑色に発光する魔力の刀身が現れた。

おわっ！　そういう仕組みか！

ブウン！　ブオオン！　俺は皆から離れて妖精剣を振り回して遊ぶ。

「ふむ。コウヘイはその剣が気に入ったようだな」

ミーシャが腰に手を当て、苦笑しながら俺を見つめる。

ヤレヤレといった様子で、少し呆れているようにも見えた。

「つかぬことを聞くが、婿殿。我には皆のように指輪を贈ってくれぬのか？　待っているのだが……」

ガーベラが唐突にモジモジとしながら言う。

俺はシュンっと妖精剣の光刃を仕舞うと、腰に柄を装着した。

ガーベラもか！

いやまぁ指輪くらい良いけどさ。俺は霧夢の腕輪の中を物色する。陽炎の指輪がちょうどよく残っていたので、俺はガーベラの左手の薬指にはめた。

ガーベラは日の明かりに透かすように、指輪を宙に掲げるとニマニマとにやけるのだった。

代わり映えしない景色の中を歩くことしばし。

「果てしないな、ここは」

俺はあいも変わらずの見晴らしに、ついボヤく。

「うむ。しかし夢の中とは言え、油断はできないな」

辺りを見回し、頷くミーシャ。サラサラと風に吹かれて赤い髪が流れる。

「あい。せいじょさんのゆめのなかカラカラ」

ノーナがアインの背負籠の中で悲しそうに言う。しょんぼりと緑のアホ毛がしなびれた。

「むぅ、敵もこう、手応えがなくてはな……」

ガーベラは脆弱《ぜいじゃく》な敵に不満そうだ。オレンジの瞳を遠くに向けた。

「なんだかボクの国の土地と似ていますね」

ドワーフの少女であるクーデリアが、自国を思い返しながら感想を述べる。

俺の頭の上ではルンがミョンミョンと上下運動していた。

「ちょっと俺が探査してみる」

皆で立ち止まり、俺が地面に膝をつく。

大地の力を流して探査を開始。すると、地面が同心円状に肥えていく。何かの植物の芽もグングンと生えてきた。

なんだ、これは……？

あっという間に膝下くらいの草に覆われた。ちょっと力の通り方が現実世界と違うぞ？

「む、これは凄いな」

碧の目を丸くして驚くミーシャ。

「あい！　草さんぼうぼう！」

緑色の髪を揺らしながら喜ぶノーナ。アホ毛もピョコリと揺れている。

「婿殿、やるな」

フン、と形の良い鼻を鳴らすガーベラ。

俺自身もびっくりしている。探査をしただけで、こんなことになると思わなかったからな。

しばらく探査を続けていると、違和感を覚えた。

等間隔に六つ、いや七つ？　何かある。

「問題がありそうな箇所が七つくらい反応しているな」

目をつぶりながら俺が呟く。

「ふむ、七つか。多いな」

鼻を鳴らすミーシャ。ゆらゆらと赤毛の尻尾を揺らす。

「あい。ななつ」

アインの背でぴょこんとアホ毛を揺らしながらノーナも答える。

「婿殿、手応えのある敵を所望するぞ」

ガーベラは腕を組んで意気込んでいた。

「ボクは簡単な方がいいなぁ、なんて……」

一方のクーデリアは、自信なさげにそう言った。

俺たちはひとまず反応があった中で、一番近い場所に向かうことにした。

周りはなんだか木も育ち始めている。カラカラの大地よりは茂っている方が良かろうと思い、俺は大地の力を足先から流すようにして歩いた。

草木が生い茂るようになると、不思議なことに影のような敵が出てこなくなった。アイツらドロップも何も落とさないからな。いなくなるのはありがたい。

俺たちはグングンと実り豊かになる土地を歩き、やがて問題の反応があった場所へたどり着く。

何かの舞台だろうか？

石造りでできた円形の黒い舞台は、強い存在感を放っていた。その周囲には無数の不規則な形の石が散りばめられ、舞台の端から端まで連なるように配置されていた。石の表面は黒く光沢があり、鈍い光を反射する。

光が石の表面をわずかに反射し、舞台全体が深い静寂に包まれるその中央で、黒い巨体が待ち受けていた。こいつは先程までの影のようなモンスターではなく、実体がちゃんとあった。

名前：ミノタウロス
説明：非常に獰猛《どうもう》。

「みんな、こいつがミノタウロスみたいだ。油断しないように」

俺は鑑定結果を皆に伝える。とは言っても、見たまんまの敵なんだけどな。

「うむ」

ミーシャが短く返事をしながら双剣を構える。

「やっと手応えがありそうな敵が出たじゃないか。婿殿」

ガーベラは強敵との戦いに胸を踊らせているようだ。

すると俺たちの気配に気付いたのか、黒い舞台の真ん中で胡坐をかいていたミノタウロスが目を開く。それから側に置いていた巨大な戦斧を手に取り立ち上がった。

デカいな。少なくとも森で戦ったことがある四腕熊以上だ。

腕はみっちりと筋肉がつまっており、肩辺りも盛り上がっている。太もももいくつもの筋肉で分かれていた。俺たちを見下ろすその風貌は威圧感が半端じゃない。

よく物語の最初のボスとかで登場するのを見ていたけど、そんな易しいものじゃなさそうだぞ？

まるで黒い山だ。

俺たちは黒い石の舞台の上に上がる。俺がノーナをアインの背負籠から下ろすと、アインは盾を構えて前に出た。

戦闘が開始してすぐ、ミノタウロスの戦斧の強力な一撃をアインが盾で受け止める。辺りに衝撃音が響き、周囲が震えた。

「あい！」

続けて、一瞬の閃光とともにノーナの雷魔術がミノタウロスに直撃する。

だが、効きが悪いか？　電撃が黒い表皮で受け流されている。

「シッ」

ミーシャの連撃もミノタウロスの戦斧に阻まれてしまった。でかい図体なのに、なかなか素早い。

「むぅん」

風を切り裂く轟音とともにガーベラの大剣が振られ、ミノタウロスの戦斧と激しくぶつかる。

「せいっ」

そこに、ジェットの排気音とともにクーデリアのジェットハンマーが振り落とされた。足の止まったミノタウロスの肩口にハンマーが命中する。

ズドオオオオン！　反対からアインが右ストレートを入れると、まるで手榴弾《しゅりゅうだん》の外側のように割れた腹筋の脇に当たった。

「ブモオウッ！」

ミノタウロスに効いたみたいだ。

ミノタウロスが怯んだところを狙って、俺は大地の力で拘束を図る。

ミノタウロスの足が床に呑み込まれていた。

「ブモオオオオオオオオオオオオオオオオオオオオオオオッ」

ミノタウロスが雄叫びを上げると、ヤツの体から黒い蒸気のようなものが湧き出てきた。

クーデリアに付けられた肩口の傷も回復している。

この分だとアインのパンチのダメージも回復されたか？

「ブッ！　モウッ！」

バキッ！　バキン！　岩が割れる音が響いた。

ミノタウロスは気合を入れると、俺の大地の力の拘束から抜け出す。

黒い蒸気を発しながらデカい戦斧を振り回すミノタウロスに、ノーナが雷魔術をぶつけた。

「うー、あい！」

だが、表面の黒い蒸気に阻まれて体の中にまで通っていない。

だが、ミーシャの連撃が今度はしっかり当たったようだ。

「ブモッ」

ブオン！　ミーシャを振り払うように戦斧をぶん回すミノタウロス！

ガッ！　だが、アインがその戦斧をドラゴンシールドで受け止めた。

そして再びの風切り音とともに、ガーベラの大剣がミノタウロスに入る。だが、攻撃が浅く十分なダメージにはなっていなかった。

「ブッ！　モッ！」

ミノタウロスは気合とともに突進を仕掛けてくる。

それをアインが受けようとするが、しかし体重差もあってふっ飛ばされてしまった。

ズザザザザザーッ！　長い二本の線を地面に残しながら耐えるアイン。

「そいやっ」

クーデリアの大ぶりな一撃が、突進後の無防備なミノタウロスに決まった。

「ブモオオオオオオオオオオオオオオオオオオオオオオオオオッ」

咆哮とともに、またミノタウロスの体から黒い蒸気が吹き出す。回復を始めたみたいだ。

「あい！」

カッ！　ズドオオオオオン！　ノーナの雷魔術がミノタウロスに入る。

「ブモッ!?」

表皮が黒から若干茶色っぽくなったからか、ミノタウロスに電撃が通ったみたいだ。

俺はここに勝機を見出し、大地の力で重力操作を始める。

地面に手をつき、奥底から地面ごと引っ張るようなイメージを構築する。

胃が引き絞られるような感覚を覚えながらも、ミノタウロスを地面に縫い付けることに成功した。

額から汗が噴き出てきた。

ミノタウロスがたまらず片膝をつくと、ズシンと衝撃音と振動が響く。

「ブブブブブモ!?」

ガシャン！　ミノタウロスが手に持っていたデカい戦斧を取り落とした。

「ここはミーシャが攻める！　おおおおおおおおおおおおっ」

ミーシャが雄叫びとともに変貌していく。

目がネコ科のようになり、手足が毛に覆われていく。牙や爪もいつもより伸びていた。ミーシャの獣化だ。前にミーシャから聞いたが、獣の要素が体に色濃く現れ、主に戦闘力が飛躍的に上がるらしい。獣人のすべてができるわけでないと聞いたが、いつの間にミーシャは会得したんだ!?

ミーシャが前に駆け出し、空歩でミノタウロスの頭上まで跳び上がった。両手に握られた短剣が煌めく。

上から降ってきたミーシャがミノタウロスの項を切りつける。剣の攻撃が二発ともミノタウロスの急所に決まった。

「ブモオオオオオオオオオオオオオオオオオオオオオオオオオッ」

ミノタウロスは断末魔を上げながら白い粉に変わっていく。

白い粉の山には何かが混ざっていた。疑問に思った俺は鑑定を始める。

名前：鍛冶屋の金槌《かなづち》
説明：鍛冶師が使う金槌。

名前：邪神の破片
説明：■■■■■

邪神の破片？　今までは欠片だったが別物なのか？

邪神の欠片は、手のひらのなかにすっぽりと収まるぐらいのドス黒い勾玉のようなものだった。

握り込んで大地の力を流すが、小さくても結構、抵抗を感じた。押し込むように一気に力を込めると、握りこぶしの隙間から黒い蒸気が出てきた。

……こんなものかな？　手を広げて見ると、透き通った赤色の勾玉に変化していた。

名前：混沌神の破片
説明：混沌神の体の一部。

欠片よりは小さいが、これも混沌神の体の一部のようだ。キラリと光を反射する。続けて俺は白い粉に埋もれている立派な造りの金槌に目を向けた。

「誰か、この金槌が欲しい奴はいるか？」

俺は皆に尋ねた。

「いや、ミーシャはいらないいな」

「あい」

「我も必要ないぞ、婿殿」

ミーシャ、ノーナ、ガーベラはいずれも興味を示さなかったが、そこでクーデリアが元気に言った。

「ボクが欲しいです！」

水色の髪を揺らしながら手を上げている。

「そうか、じゃあクーにあげよう。今は俺の方で預かっておくか？」

「はい、コウヘイさん！」

俺は鍛冶屋の金槌と、混沌神の破片を霧夢の腕輪へとしまった。

一息ついて辺りを見回してみると、この辺りだけ木が生えていない。

この黒っぽい台座も良くないのかな？　俺が手を付き大地の力を流していくと、シュワシュワと黒い蒸気が台座から出てくる。俺の手が触れている周辺から次第に白っぽく変化していった。

……程なくして台座がすべて白く染まり、周りには草が生い茂っていく。

草原の中央にある石造りの白い舞台は、周囲の風景と調和しているようだ。青々とした草原が舞台を取り囲み、石の白さがいっそう際立っている。

周囲の石の彫刻も精巧で、細部に至るまで美しい模様が施されていた。緑の海に浮かび上がるこの白い舞台は、自然の息吹を感じさせ、穏やかな空気が漂っていた。

「凄いな、コウヘイは」

舞台の邪悪なものを取り払っていると、ミーシャが感嘆の声を上げた。

「あい！　コーへえらいえらいなの」

ノーナが背伸びをして、しゃがみこんでいる俺を撫でてくる。

「婿殿やるな」

「流石はコウヘイさんですね！」

ガーベラとクーデリアも口々に褒めてくれた。

俺は皆の称賛を聞きながら立ち上がり、腕で額を拭いた。

ふう、結構力を使ったな。

俺たちは少し休憩してから次の地点へ向かう。

荒野を時計回りに進む感じだ。

引き続き大地の力を足先から流すようにして歩き、通った足跡を緑地化していく。

しばらく歩くと、辺りは荒れ地から枯れ木の森のような陰鬱な場所に変わった。歪に曲がりくねった枝葉が陰気さと奇妙さを増している。

程なくして、枯れ木の森から開けた場所に出た。

そこには何か小さな黒いものがぽつんと佇んでいた。

名前：グレムリン
説明：電撃で増える。

「グレムリンがいるぞ！　増殖するみたいだから雷の攻撃はダメだ！　気をつけろ！」

「あい、ずどん、しません」

俺の言葉を聞いて、ノーナはアインの背負籠の中で大人しくすることに決めたようだ。

「むう、だが敵はすばしっこそうだぞ。婿殿」

ガーベラが形の良い眉をひそめる。

俺たちが近付いた途端、グレムリンが動き出した。

見た目は悪魔化したような小さくて黒いゴブリンだ。小さな悪魔の羽がついている。

ゴォッ！　小さな体からは考えられないようなスピードで俺たちに迫るグレムリン。すれ違いざまに俺たちを切りつけていく様子は、まるで黒い弾丸のようだった。その後もあり得ない軌道で空中を自在に飛び回る。

クッソ早えな、おい。

敵が上手く捉えられず、ミーシャの連撃が空振りに終わった。

「ぬう！」

ガーベラの大剣も虚しく空を切る。

「よいしょっ」

クーデリアのジェットハンマーも当たらない。

「あい！」

その時、アインの背からノーナが水魔術を放った。

軽快な破裂音とともに、細かな水の刃を無数に繰り出している。

的が小さく素早いグレムリンを弾幕の数で処理するという考えだろう。

「グギャギャッ⁉」

何発かグレムリンに入ったようだ。しかし、致命傷には程遠い。下手な鉄砲数撃ちゃ当たるってヤツか？　たしかに、嫌がらせにはなったみたいだな。

グレムリンが様子を見るように浮遊した。

飛び回られると、俺は打つ手が限られてくるんだよな。雷魔術は使えないし。

「てい！」

俺もノーナに倣って試しに氷魔術の砲弾を撃ってみたが、グレムリンはひらりと身を躱す。

クッソ、早え……

細かく方向を変えてすれ違いざまに手の爪で切りつけてくるグレムリン。

あらぬ軌道で飛び回るグレムリンに、皆も攻め手を欠いていた。

グレムリンがミーシャ、ノーナ、ガーベラ、クーデリアをすれ違いざまに切りつける。

背負籠にノーナを乗せているアインでは、グレムリンの突進に対応できていない。

「こう素早くては打つ手がないぞ！」

俺は黒い一陣の風を睨みつけながら、つい愚痴をこぼす。

「シッ」

ミーシャがダメもとで再び連撃を繰り出すが不発だった。

ガーベラの大剣もクーデリアのジェットハンマーも上手く当たらない。

だんだんとイライラしてくるな！

「あい！」

今のところ、グレムリンに当たっているのは、かろうじてノーナの水魔術くらいだ。それも数多の水刃のうち、数発がグレムリンに届くといった状況だ。

「グギャヤゲゲゲ」

グレムリンがニヤリと醜悪な顔をさらに歪めている。完全に遊ばれているな。

すると、頭の上にいたルンが俺の胸元に飛び降りてきた。

「おわっ。なんだ？　ルン」

ミョンミョンミョンミョンと上下に伸び縮みし、俺の両手の中で激しく意思表示するルン。

俺に何を伝えたいんだ？

ルンの体がベチャッとなり、俺の両手にまとわりつく。

これでどうするんだ？　ルン。

俺は疑問に思いながらも激しく飛行するグレムリンを睨む。

ヤツはミーシャたちを傷つけ飛び回っていた。

アインは激しく移動するグレムリンに対応しようとするが、追いついていない。

ドッ！　空中で向きを変え、加速するグレムリン。

来た！　俺に向かってグレムリンが飛来する。凄いスピードだ。

ルンが伝えたかったのって……！

俺は先程の動きの意味に気付き、ルン塗れになった両手を広げて、グレムリンの進行方向に差し出した！

ドンッ！　という衝撃が走り、ルンの体がどこまでも伸びていく。

「おわっ！」

グレムリンの飛行速度に釣られて俺も体勢を崩す！　しかし、俺の両手の間を通過したことで、グレムリンはルンの体に阻まれていた。

遠くまで伸びていたルンの体がみょ～んと元に戻る。

俺は手元にゴムが縮むように戻ってきたグレムリンをガシッと両手で捕まえた。

「おしっ！　うおおおおおおおおお！」

すかさず俺は大地の力を流していく。

シュウシュウと発した黒い蒸気が晴れると、俺の両手には毛むくじゃらのぬいぐるみのような生き物がいて、ポワンッと謎の発光現象が起こった。

いつの間にか頭の上に戻ったルンがミョンミョンと上下運動をしていた。

グレムリンだった生物は、俺の手の中でクリクリの両目を開き、首を傾げている。

こいつはなんだ？

名前：モーギズ
説明：森の妖精の一種。杉浦耕平の眷属。

鑑定すると、森の妖精ということが分かった。

「ぷぽ？」

な～に？　とでも言いたげな様子で首を傾げるモーギズ。

「む、コウヘイ。それはなんだ？」

ミーシャが俺の両手に乗っている毛むくじゃらを見て尋ねてくる。

「いや、俺にも良く分からないんだが、グレムリンに大地の力を流したらこうなった……」

俺は困惑したまま答えた。

「あい？」

アインの背からノーナが身を乗り出し、モーギズを覗き込む。

「これは……あの醜悪な姿からは想像できないな。婿殿」

ガーベラが俺の両手の中にいるモーギズを優しげに見ながら言う。

「なんだか可愛らしい目ですね、コウヘイさん」

クーデリアも毛むくじゃらの顔のつぶらな瞳を見つめる。

「ぷぽぽぽ！」

モーギズが自分の脇の下から何かをサッと取り出して俺に差し出してくる。それはドス黒い勾玉のようなものだった。

名前：邪神の破片
説明：■■■■■

鑑定結果を見て、俺はため息をつきたくなる気持ちを覚えながら、大地の力を流し込む。

名前：混沌神の破片
説明：混沌神の体の一部。

ドス黒い勾玉のようなものは、透き通った緑色の勾玉に変化した。

……緑色？　これも見たことない色だな。俺は疑問に思いながら破片を霧夢の腕輪へしまった。

俺たちがグレムリンに付けられた傷をポーションで癒やしていると、アインがガクリと落ち込んでいる様子が見えた。

俺は歪に曲がりくねった森を見回す。

ここも一応やっといた方がいいか。地面に手をつき大地の力を流すと、同心円状に土が肥えていき植物が芽吹く。

曲がりくねった枯れ木の森も、瑞々しい緑の葉を次々と生やし広げていく。

豊かな緑が生い茂るようになった森は、生命の息吹が満ち溢れていた。巨大な木々が上空に向かってそびえ立ち、日の光が葉っぱを透過して、地面に幻想的な光の絨毯を描いている。

色とりどりの花々が見事な美しさを放ち、心なしか木々も輝いて見える。

「あい♪　コーへすごい！」

「ぷぽー♪」

アインの背のノーナと俺の腕にしがみついた森の妖精モーギズが共鳴してキャッキャと喜んでいた。

「こんなもんか」

俺はあっという間に新緑の葉を増やし続けていく森を見届けると、立ち上がって伸びをした。

息を大きく吸い込むと、植物のマイナスイオンが肺に満たされるようだった。

第十五話　ボスラッシュ

ジェットの排気音と、ドカァァアン！　という殴打の音が鳴り響く。

たちまちピンクの四足獣が白い粉に変わっていった。

俺たちは綺麗な森と化した地帯から次の場所へやって来ていた。ここは砂漠地帯だ。

砂の海は果てしない広がりの中で波のように広がり、遠くまで続く砂の丘は見事な曲線を描いている。

反応のあった場所で待ち受けていたのが、今倒したこのピンクの四足獣だった。

名前：キラーパンサー
説明：非常に獰猛。

ピンク地に黒のヒョウ柄の毛皮の四足獣で、大型のネコ科のモンスターだった。

しなやかな肢体で、体のバネを使い素早い攻撃を仕掛けてきた。

しかしグレムリン程素早いということはなく、アインが活躍してキラーパンサーの攻撃を上手くいなしてくれた。

アインに翻弄《ほんろう》されるキラーパンサーを皆でチクチクと攻撃していって、クーデリアがトドメの一撃をいれたのだ。

白い粉の中にドス黒い勾玉のようなものと、何かの破片のようなものが混ざっていた。

今度はなんだ？

名前：邪神の破片
説明：■■■■■

名前：月の紋章
説明：月が象られた紋章。

ドス黒い奴はまぁ案の定だが、月の紋章とはなんだ？

何かのパズルの一部みたいに見えるし、他のパーツがありそうだった。

「何かよく分からないものを落としたな」

俺は月の紋章を見ながら眉をひそめた。

「うむ。ミーシャも分からないな」

ミーシャが頭をひねってから首を横に振った。

「何かの儀式にでも使うんじゃないか？　婿殿」

オレンジ色の瞳を輝かせて、顎に手を当てたガーベラが当たりをつける。

ひとまず先にドス黒い邪神の破片に大地の力を流す。

黒い汚れがポロポロと落ちて、透き通ったピンク色の勾玉――混沌神の破片に変化した。また色が違うな。

首を傾げながら、月の紋章と一緒に霧夢の腕輪にしまい込んだ。

今はこの砂漠に大地の力を通さないとな。

「ぷっぽっぽ」

モーギズが俺の腕から降りて、砂漠の地面でぴょんぴょん跳ねている。早くやれってか？

苦笑する俺は手をついて大地の力を流し込んだ。

俺を中心にみるみる土が肥えていく。砂で満たされた大地が黒い土に変わり、芽が生えてくる光景はいつ見ても不思議だ。

あっという間に砂漠が草原に変化した。

日の光が降り注ぐ草原は多彩な色で彩られ、緑の中にも黄色や赤、青みを帯びた草花が点在している。生き物の息吹で満たされているかのように感じられる緑の絨毯を風が撫でた。

「つぷぽ♪」

モーギズが俺の体をよじ登り、再び腕の定位置まで来た。

俺はモーギズの頭を撫でてやった。

「お前にも名前をつけてやらにゃいかんなぁ」

俺はう～ん、と頭を巡らせる。

顎に手をやり数十秒程考えて……

「うん、ポポという名前はどうだ？」

いつもぷぽぷぽ言っているからな。

「うむ？　その者の名か？　いいのではないだろうか」

俺の話を聞いていたミーシャが、モーギズを見ながら言った。

「あい！　ポポ！」

アインの背で嬉しそうにノーナが跳ねた。

「ぷぽ♪」

本人も満足してくれたみたいだし、これで決定だな。

「じゃあお前の名前はポポな」

俺がモーギズを撫でながら言うと、ポワンッと一瞬淡く光った。

「ぷぽっぽ」

ポポはお腹を短い手でかいた後、長い耳をピクピクさせて遠くを指差した。

「ぷぽ！」

やる気に満ちたポポの鳴き声を聞き、俺は苦笑しながら次の場所へ顔を向けた。

足先から大地の力を流すようにして歩いて、俺は変わらず緑地化を進めていく。俺たちがしばらく進むと、目の前に寂《さび》れた聖堂のようなものが現れた。

錆びついた建物は、不気味な雰囲気を漂わせて俺たちを迎える。

半ば朽《く》ちている入り口をギイッと開き、俺たちはぞろぞろと中に入った。

建物の内部は蜘蛛《くも》の巣が網のように広がり、古びた壁や天井を覆っている。

奥に足を進めると、礼拝堂らしき場所に何かの影が見えた。

黒っぽい甲冑《かっちゅう》？……いや、違う！

名前：地獄の騎士
説明：冥府の番人。

「あれは置物じゃなくてモンスターらしい！　みんな気をつけろ！」

俺は鑑定結果を元に警告する。

「うむ」

ミーシャが短剣を構え、短く応えた。

「あい」

ノーナもアインの背負籠の中で気合十分だ。

「ふむ、腕がなるぞ。婿殿」

ワクワクとした面持ちで大剣を正面に構えるガーベラ。

「随分と立派な甲冑ですね」

ドワーフの血が騒ぐのか、たまに鍛冶もするというクーデリアが別の視点の感想を漏らす。

「ぷぽぽ」

ポポは俺の腕をよじ登ると、後頭部にしがみついた。ルンが少し邪魔そうに身を捩《よじ》っているのが感覚で伝わった。

黒っぽい甲冑姿の地獄の騎士は剣を鞘から抜き、騎士の礼のように正面に剣を捧げる両脇に魔法陣が計四つ現れた。これってアースドラゴンの時と同じ召喚系なんじゃ。

名前：骸骨戦士
説明：冥府の戦士。

剣と盾を装備した四体の骸骨戦士が追加された。ガシャガシャと臨戦態勢を整える。

くそっ、こいつも召喚が使えるのか！

「骸骨戦士だ！」

見た目そのままだが、一応鑑定結果を皆に伝える。

「あい！」

アインの背からノーナの雷魔術が扇状に放たれた。

雷撃は骸骨戦士たちに吸い込まれるように決まり、体を硬直させる。

「シッ」

隙を見てミーシャが連撃を放つが、骸骨戦士の剣と盾に阻まれた。

「ぬん！」

ガーベラの渾身の一撃が、激しい衝突音とともに骸骨戦士の一体を後方にふっ飛ばす。

「えいやっ」

クーデリアの一撃が入り、別の骸骨戦士が糸の切れた人形のように動かなくなった。

ドッ！　ズドオオオオオオオオン！　アインのシールドバッシュからの右ストレートがモロに骸骨戦士に入った。

直後、電撃から立ち直った奥の地獄の騎士が剣を上段に構えた。

何をする気だ？

地獄の騎士の剣から黒い蒸気が発生すると、その場で振り下ろされる。黒い斬撃が弧を描いて俺たちに向かってきた。

間に合え！

俺は障壁を展開すると、黒い斬撃が衝突した後相殺された。

ふぅ。アイツ遠距離もいけるのかよ。

俺は額の汗を拭う。アインが慌てて後方に戻ってきた。

「アイン、俺に気を使わず敵を殲滅するんだ」

ここは守りより勢いのまま攻めるべきだ。

「ぷぽぽ！」

ポポが俺の後頭部を小さな手でバシバシと叩き、ルンが俺の頭の上でミョンミョンとアインに何かを伝えていた。

アインは少し迷った雰囲気を出したが、頷いて前衛に戻っていった。

「シッ」

ミーシャが巧みな剣さばきで連続攻撃を行うが、骸骨戦士はそれを受け切った。なかなか手強い。

「むん！」

ズガアアアアアアアアアアン！　ボロボロの骸骨戦士にガーベラの大ぶりの一撃が決まる。

骸骨戦士の一体が、サラサラと白い粉に変わっていく。

「どっせい」

クーデリアのジェットハンマーも骸骨戦士にいなされていた。

こいつらなかなか剣さばきが上手いな。手強い……

ドッ！　パアアアアアアアアアアン！　アインの盾を構えた体当たりからの右腕の一撃が、既に半壊していた骸骨戦士を白い粉に変えていく。

「あい！」

ノーナは、アインの背から雷魔術を地獄の騎士に命中させていた。

「!!……」

一瞬動きを止めた地獄の騎士は剣を構え直すと、やたらめったらに振り回してきた。

無数の黒い斬撃が発生し、俺たちに向かって飛んでくる！　俺はすかさず障壁を全員の前に展開した。

黒い斬撃と障壁が相殺されていく。

「ぷぽぽ」

後頭部にしがみついたポポが何か言っている。ルンも頭の上でミョンミョンしているな。

攻め時って伝えようとしているのか？

俺は地面に手をつき、隙が大きい地獄の騎士の拘束を図る。大地の力を流して重力操作を仕掛けた。

ギギギ……ガシャン！　地獄の騎士が重力に抗えず膝をつく。

「婿殿！　我がやる！」

ガーベラの言葉とともに大剣が形を変えた。刀身が真ん中からガシャンと二つに分かれ、真ん中にバチバチと魔力の剣が伸びてくる。

驚いた、あの大剣にあんな仕掛けがあったとは……！

「おおおおおおおおおおおおおおおおおおおっ！」

さらにガーベラの竜化だ。背中から竜の翼が生え、手足が鱗に覆われていく。

竜化したガーベラが勢いよく地獄の騎士に接近する。バチバチと音を立てる大剣を構えて低空飛行し、敵の前で高く舞い上がった！

ギ……ギギギ……軋むような音を立てて地獄の騎士が身じろぎをしている。

そうはさせるかっての。

俺は更に大地の力をこめ、重圧で地獄の騎士の動きを封じた。

天井付近から落ちるように飛び込んでいったガーベラの一撃が、地獄の騎士を倒した。唐竹割りのように真っ二つになる地獄の騎士。サラサラと白い粉に変わっていった。

「シッ」

ミーシャの連撃がようやく骸骨戦士に決まり、こちらもさらさらと白い粉になり崩れていった。

「えいやっ」

ジェット音が響きクーデリアのハンマーが骸骨戦士を白い粉に変えていく。

「ぷぽっぽ」

俺の後頭部からぴょこんと降りたポポが、地獄の騎士だった白い粉の山に向かった。

「ぷぽ！」

ポポがドス黒い勾玉のようなものを取り出し、小さな両手に持って掲げる。

ひょうと一陣の風がボロボロの聖堂に吹くと、白い粉の山はさらさらと流れていった。

後にドス黒い剣を残して……

剣だと？

名前：穢された聖剣
説明：■■■■■
名前：邪神の破片
説明：■■■■■

ポポが両手に掲げているブツは何度も見ているものだが、もう一方は初めて見た。穢された聖剣だと？

俺はポポが持っているドス黒い勾玉のようなものを受け取り、大地の力を流し込むと、透き通った青色の勾玉になった。そのまま勾玉——混沌神の破片を霧夢の腕輪にしまう。

……問題はこの異様な雰囲気の剣だ。刀身からは瘴気のようなものを発し、畏怖《いふ》の念を抱かせる。

「む、コウヘイ。その剣をどうするのだ？」

不可解で不気味な剣を訝しく見るミーシャ。

「あい？」

アインの背からノーナがひょっこり顔を覗かせる。

「我はなんだか触りたくないぞ」

ガーベラは汚いものを見るような目で見ていた。

「とても……黒いです……」

クーデリアも心配そうに俺を見つめてくる。

「ああ、一応俺の大地の力で浄化できないかと思ってな」

俺はドス黒い剣の柄を手に取り、大地の力を流す。

これも、邪神の欠片や破片のように抵抗を感じるな。

気合を入れて一気に力を流し込んだ。叩き伏せるようなイメージだ。ポロポロと黒いものが剥がれ落ちていき、黒い蒸気となって消えていく。

ポワンッと剣全体が一瞬光ると、神々しい剣に変わった。

名前：聖剣
説明：勇者の剣。

鑑定するとこのような表記に変わった。それより勇者って誰だ？

「なぁ、ミーシャ。この聖剣が勇者の剣って鑑定で出たんだが、勇者ってなんだ？」

俺はキラキラと煌く剣を持ちながらミーシャに聞いてみる。

「うむ。勇者とはおとぎ話に出てくる魔王を倒す者のことだな」

ミーシャは空を見上げながらそんなことを言った。

猫耳がピコピコしている。

「あい？」

ノーナはアインの背で首をひねっている。アホ毛もハテナマークのように曲がる。

「我もそのおとぎ話は聞いたことがあるな」

ガーベラも腕を組みながら言った。有名なのか？

「勇者の武具はドワーフの間では伝説です！　ボクにもよく見せてください！」

俺のそばでクーデリアがアクアマリンのような瞳を輝かせて身を乗り出した。

「この剣、誰か使う奴はいるか？」

俺は皆に尋ねる。

「ミーシャには少し大きいな……」

むう、とミーシャが唸った。

「我には逆に小さすぎるな」

大剣使いのガーベラには物足りない長さのようだ。

「そもそも勇者の武具は勇者にしか扱えないはずです」

一番詳しそうなクーデリアがそんなことを言いながら、まじまじと聖剣を眺めていた。

そうなのか。たしかに勇者の剣と鑑定結果に出ていたからには、俺たちでは使えないかもしれないわけか。

とりあえず腕輪にしまって辺りを見回す。

「ぷぽ！」

ポポが両手を上げてぴょんこぴょんこ跳ねている。

俺はまた地面に手をついて大地の力を流していった。

戦いの余波を受けて、さらにボロボロになっていた聖堂のようなものが修復されていく。

すごいな、現実世界じゃこんな簡単には直せないもんな。俺たちは修復されていく様を見届けることにした。

俺を中心に次第に綺麗になっていったその姿は、もう聖堂と言っても差し支えないだろう。

神聖な雰囲気が漂う建物の中に、巨大なステンドグラスが光を拡散し、色彩豊かな光のカーテンが広がる。

聖堂内部は静謐《せいひつ》に包まれ、心が清らかになる場所だった。

聖堂を後にした俺たちは、次の場所へ向かう。

途中から両脇に切り立った壁が現れた。一本道なので迷うことがないのは救いか。

代わり映えのしない景色を見ながら歩くと開けた場所に出た。何かのクレーターの跡のような、すり鉢状の地形だ。中心に何かオレンジ色の巨大なものが見える。

名前：アトラス
説明：一つ目の巨人。

「みんな、アイツはアトラスという巨人らしい」

俺の言葉に皆が頷く。

「グウウウウウウウウオオオオオオオオオオオオオ！」

巨人のアトラスが身じろぎをして唸る。

ビルくらいの高さはあるぞ⁉　ドラゴンを除けば今まで会った中で一番大きいんじゃないか？

俺たちは小山のようなアトラスの足元にたどり着く。

「いくらなんでもデカすぎないか？」

俺はアトラスを見上げながら、そう呟く。

「むう、ミーシャの剣は通らなさそうだな……」

ミーシャが形の良い眉をひそめて困り顔になった。

「あい、きょじんさん、おおきい！」

アインの背負籠から降ろされたノーナが両手をいっぱいに広げながら言う。

「ふむ、これは竜を退治するのと変わらんかもな」

大剣を握りしめ、ぺろりと舌なめずりをするガーベラ。オレンジの瞳がキラリと光る。

「わぁ、オオキイナー……」

クーデリアは遠い目をしていた。

「ぷぽっぽ！」

俺の腕にしがみついたポポも驚いているようだ。

「グウウウウウウウウオオオオオオオオオオ！」

アトラスが唸りながら右手の一撃を繰り出してくる。アンダースローのようなパンチだ。

アインが前に出て受け止めようとしたが、アトラスの一撃で後方にふっ飛ばされる。

「何っ⁉」

俺は思わず後ろを振り返り、アインの行方を目で追った。くるくると回転しながら放物線を描くアインが、すり鉢状の壁に叩きつけられていた。

くっ。盾役を潰された！

「あい！」

カッ！　ズドオオオオン！　ノーナの雷魔術がアトラスに直撃した。

「グギャッ！」

アトラスは痙攣し、その体を激しく震わせている。

よしよし、電撃は効くみたいだな。

「ふしゃーーーーーーーーーーーーーっ」

「おおおおおおおおおおおおおおおおおおおっ」

ミーシャの獣化と、ガーベラの竜化だ。

「おりゃ！」

俺も雷魔術を使って、アトラスの動きを阻害する。

「そぉい」

ジェットの排出音とともに振られたクーデリアのハンマーがアトラスの足に当たった。

しかし効いている素振《そぶ》りは見られない。

「シッ」

獣化したミーシャが空歩でアトラスの胸まで上がり、アトラスに二連撃を繰り出す。

「グギャッ！」

ミーシャの連続斬りを受けたアトラスは、一つ目をミーシャに向けて怪しく光らせた。

「くっ」

不自然に動きを止めたミーシャが空歩を使って地上に戻ってくる。

「あい！」

カッ！　ズドオオオオン！　またしてもノーナが雷魔術で援護した。

「グゲッ！」

アトラスが電撃で怯み、体が不自由な振動を続ける。

「ミーシャ！　どうした？」

俺は先程不自然に空中で動きを止めたミーシャに声をかける。

「むう、ヤツの目から衝撃波のようなものを食らったのだ。それで一瞬動きを止められてしまった」

アトラスの目は魔眼なのか!?

「おおおおおおおおおおおおおおおおおおおおおっ！」

竜化したガーベラが羽を広げ滑空し、大剣を変化させてアトラスに斬りかかる。

バチバチと爆ぜる音を響かせながら、巨大な魔力の剣がアトラスの顔面に入る。

「グギャアアアアアアアアアアアアアアアアアアアッ‼」

ズドオオオオオオオオオオオオオオオオオオオオオン！

地を揺るがすような衝撃音と振動が響き、アトラスが仰向けに倒れた。

地面が大きく揺れる。

「ぷぽ！」

ポポとルンが俺の後頭部で何かを訴えていた。

ここがチャンスか。

俺は地面に手をつき大地の力を流して重力操作を始めた。

「グ、グ、グギャ！」

さっきまでオレンジ色だったアトラスの肌が、みるみる赤く染まっていく。

第二段階ってことか？

ギギギ……重力の枷から逃れようとアトラスが身じろぎをする。

逃さねえよ？

俺はさらに大地の力を注ぎこむ。汗が吹き出してきた。

「おおおおおおおおおおおおおおおおおおおおおっ！」

ガーベラが魔力の大剣をバチバチと唸らせながら飛翔《ひしょう》する。

そして、肌が赤黒く染まっていたアトラスの首にガーベラの断頭台のような一撃が決まる。

アトラスのデカい首がゴトリ、と落ちた。

キィィィィン！

だが、アトラスの首から甲高い耳障りな音が漏れた。単眼が怪しく発光していく。

このままだとマズい気がする！

「む！　まだだ！」

ミーシャも何かを感じ取ったようで、不快な高音を発生させるアトラスの首に向かって空歩で駆ける。

「うおおおおおおお！」

ミーシャが魔力によって強化された刀身の短剣をアトラスの単眼に突き刺した。

……ィィィィィィィィィィィィン……

単眼の発光がおさまり、音も消えていくと白い巨大な山に変わっていくのだった。

砂と化した体がサラサラと風に流されていく。

「ぷぽっぽ！」

ポポが俺の後頭部からぴょこんと降り白い巨大な山に向かうと、ガサゴソとドス黒い勾玉のようなものを取り出した。

名前：邪神の破片
説明：■■■■■

「む、これはなんだ？　コウヘイ」

ミーシャが白い巨大な山を見ながら言う。俺がそちらに目を移すと、何やらドス黒くて平べったい板のようなものが埋まっていた。怪しい瘴気をまとっている。

名前：穢された聖盾
説明：■■■■■

「どうやら盾のようだぞ？　ミーシャ」

俺は鑑定結果をミーシャに伝える。

そういや、最初に吹っ飛ばされたアインは無事なのか？

俺は辺りをキョロキョロと見回す。遠くの方にこちらに向かってくるアインの姿が見えた。

俺はホッと一息つくと、ポポからドス黒い勾玉のようなものを受け取り、大地の力を流していく。

叩きつけるように一気に流すと、透き通ったオレンジ色の勾玉に変わった。

さて、と。盾の方はどうかな？

俺は白い砂からドス黒い盾を掴み取り、これにも大地の力を流した。

黒いものがポロポロと剥がれ落ち、蒸気のようにかき消えていくとポワンッと盾が一瞬光る。

名前：聖盾

説明：勇者の盾。

神々しいオーラを出す聖盾。手に持つと反発するような感覚がある。

やはり持ち手を選ぶのか？　この盾は。アインにでも持たせようかと思っていたけど、勇者とやらじゃなきゃダメみたいだな。

俺は残念に思いながら、盾と勾玉――混沌神の破片を霧夢の腕輪に放り込む。

するとアインが戻ってきた。あちこちボロボロのアインはズーンと落ち込んでいるようだった。

「アイン、こっちへ」

俺は手招きして、アインに触れた。

大地の力を流すと、ボロボロだったアインの体が綺麗になっていき淡く光った。しかし、アインは沈んだ雰囲気のままだ。

「アイン、気にするな。今回は相手が悪かった」

俺はアインの肩をポンポンと叩いて慰める。

ミーシャもフォローを挟んでくれた。

「うむ、あの一撃を受けて無事なのは凄いことだ」

「あい！」

ノーナはぴょこんと両手を上げながら跳ねると、アインの足を撫でた。

「あれは普通では受け止められん。我では躱すしかないぞ」

先の一戦を思い出しながらガーベラが唸った。

「いつも守ってくれてありがとうございます」

クーデリアはアインにお辞儀をしながらお礼を言った。

アインは心なしか元気を取り戻したように見える。ウチのタンク役にはしっかりしてもらわないとな！

「ぷぽ！」

ポポが地面を跳ね始めた。

俺はその動きで察して、地面に手をついて大地の力を流した。

すり鉢状の土地が黒く肥えていく。

ゴゴゴゴゴゴゴゴゴゴ……何やら地鳴りのようなものが聞こえ始めた……辺りを見回すと遠くの崖の切れ目から水が勢いよく流れ込んでくる。

この地形はマズい！

「ここにいたら巻き込まれそうだ！　早く上がろう！」

俺は皆に声をかける。俺たちは急いで端にむかった。

すり鉢状の土地はあっという間に大きな湖へと変わっていった。

静かな水面が広がり、透き通った水は日の光を反射していた。まるで無数の宝石が散りばめられたかのような輝きを放っている。

青とも碧とも言えるような綺麗な湖だ。

「ふぅ。あやうく呑み込まれる所だったな」

俺は額を腕で拭きながら、できたばかりの湖を眺める。

「ぷぽっぽ！」

俺の後頭部にしがみついたポポもご機嫌だ。ルンも頭の上でミョンミョンと上下運動している。

「うむ。見事な湖だな」

ミーシャが湖の光を映す碧の瞳を細める。

「ふむ。それで、反応はあと何箇所あるのだ？　婿殿」

ガーベラが伸びをしながら尋ねてきた。

「えっと……このままいけば、あと二箇所だな」

俺は反応のあった場所を指折り数えながら答えた。

「二箇所もですか……早く終わらせて温泉にでも入りたいなぁ」

クーデリアはツヤの出始めた水色の髪を揺らしながら言った。

クーデリアの言葉に顔を見合わせて笑うと、俺たちは次の反応がある場所へと向かった。

第十六話　悪魔との戦い

俺が大地の力を足先から流しながらたどり着いたのは、何かの砦《とりで》のような場所だった。

ボロボロの砦のようなものは、ところどころ黒ずんでいて、俺たちは斜めに外れた扉をくぐり、中へと入った。

砦の内部は古びた壁が枯れた蔦に覆われ、暗闇と薄暗い光が入り混じっている。

天井からは蜘蛛の巣が広がり、床は腐り果てていて、いつ崩れてもおかしくない足場だった。窓から差し込む光も薄汚れて感じられる。

足元に気をつけて奥へとたどり着けば、そこには紫色の獣のような者がうずくまっていた。顔は俺たちがいる方とは反対方向を向いていた。天井も高く石造りの部屋だ。壁には松明《たいまつ》の明かりがあり、ゆらゆらと中を怪しげに照らしている。

俺はそっとノーナをアインの背負籠から下ろしたが、床の軋む音が想像より大きく辺りに響いてしまった。その獣がゆっくりと振り返る。

名前：パズズ
説明：悪魔。

「皆、あの獣はパズズという悪魔だそうだ！」

俺が鑑定結果を皆に伝える。アインが前に出て盾を構えた。

「キシャアーーーッ」

パズズが威嚇の声を上げる。

見た目は猿型の魔物で悪魔の羽が生えていて、紫色の毛皮をまとっている。

パズズがブワッと暗い紫の羽を広げたかと思うとこちらに向かって突撃してくる。それをアインが盾で阻んだ！

「シッ」

ミーシャの連撃は、パズズの長い爪に防がれてしまった。

「むん」

ガーベラの大ぶりの一撃もパズズはひらりと躱す。

パズズはそのまま空中に飛び上がり両手を組むと、周囲に魔法陣を四つ出現させた。

名前：ミニデーモン
説明：小さい悪魔

「ミニデーモンが召喚された！」

俺が鑑定結果を伝えると皆はそれぞれ身構えた。俺も腰の妖精剣の柄を握り込む。

「キキッ」

「キギャッ」

「ゲッゲッ」

「ギャース」

小人に悪魔の羽根を生やしたようなミニデーモンは不気味な鳴き声を上げると、上から俺たちに襲いかかってくる！

「あい！」

素早く放たれたノーナの雷魔術が扇状に広がり、パズズとミニデーモンに刺さった。

「グゲッゲ」

しかし、パズズには雷魔術が効いていないようだ。

不敵な笑い声を上げている。ミニデーモンには効果があったようで、四体ともガクガクと痙攣していた。隙を見てミーシャがミニデーモンの一体に連撃を繰り出す。ミニデーモンはすぐに白い粉に変わっていく。

「むん」

ガーベラもミニデーモンを一撃で吹っ飛ばし、こちらも白い粉と化す。

「どっせい」

クーデリアの大ぶりのハンマーが当たり、さらに一体のミニデーモンが白い粉に変わる。

最後のミニデーモンは、アインの右ストレートがモロに入って吹っ飛ばされ消えてしまった。

どうだ！　取り巻きは速攻で倒してやったぜ。

しかし、パズズはニヤニヤと余裕な顔をして宙に漂い、おもむろに息を大きく吸い込んだ。

ブレスか!?

俺たちはバッとアインの後ろに回り込んだ。

ブハァァァァ！

だが、パズズが吐き出したのは、ブレスではなく甘ったるい臭いの息だった　辺り一面に充満していく。

な……なん、だ……これ。

俺だけでなく、よく見ればミーシャたちもこの息を食らってしまったようだ。

俺たちは、そのままパズズの甘い息で意識を失ってしまった……

……ブオン！　オンオン！　ブウン！

俺はふと何かを振り回すような音で目覚める。

起きた時には、自分が床に頬をつけて倒れ伏していたことが分かった。

アインがパズズの爪の攻撃を盾で受ける。

ドンッ！　ルンの体当たりで、パズズが後ろに引き下がっていた。

そうだ！　俺は、俺たちは戦闘中だった！

俺は慌ててガバッと起き上がった。

ブオンッ！　視界に緑の閃光が映る。振り回した軌跡を追うように、また別の閃光が走る。

オンオン！　ブウン！　小さな毛むくじゃらが宙でくるくると回転しながら妖精剣を振り回していた。

ポポだ！

俺が気を失っている間も代わりに戦ってくれていたみたいだ。

ポポは器用に飛び跳ねながら俺の妖精剣を振り回している。しかし、パズズの身のこなしもなかなか早い！　ポポが前転宙返りをしながらパズズに切り込むが、それを長い爪が防ぐ。パズズが爪を振り払い、ポポは後方に宙返りしながら戻っていく。

ブウウン。ポポが妖精剣を八相に構えた。俺はポポとパズズのやり取りを横目に見ながら仲間を起こして回った。

「む……不覚を取ったか」

しかめっ面をしながらミーシャが起き上がる。

「あう？」

アホ毛を揺らし、両手で目をゴシゴシさせながらノーナも起きてきた。

「婿殿……ここは？」

ガーベラも少し気が抜けているようだ。

「えへへ……もう食べられないよう……はっ」

よだれを拭きながら起き上がるクーデリア。

各々寝ぼけながらも状況を把握したようだ。

皆が緊張感を取り戻す。またもやパズズがニヤリと顔を歪めて、大きく息を吸い込んだ。

ブハァァァァァァ！

そうはさせるかっての！

俺は魔術で風を起こしてパズズの甘い息を霧散《むさん》させた！

「ふしゃーーーーっ」

「おおおおおおおおおおっ」

ミーシャの獣化とガーベラの竜化だ。ここでケリをつけるのだろう。

「ゲギャッ！」

隙あり！　とばかりにパズズが突進して爪攻撃を仕掛けるが、そこをアインが盾で防いだ！

「せいっ」

そこにクーデリアがジェットの噴射で勢いを増したハンマーを振り下ろす。

入った！

「ギャギャッ⁉」

もろに食らったパズズの片腕があらぬ方向に折れ曲がった。

ここだ。俺は地面に手をつけ、大地の力で重力での拘束を図った。再び汗がブワッと噴き出す。

「グゲゲゲゲ⁉」

地面に片膝をつくパズズは、醜悪な顔をさらに歪める。

「シッ」

ミーシャが空歩で近付き、パズズの首筋に魔力で強化された短剣を滑り込ませるた。

「おおおおおおおっ」

ガーベラの宙空からのダイブで大剣での袈裟斬りが決まった。これで真っ二つだ！

キィィィィィィィィィィィィィィィィィィィィィィィィィン！

だが、アトラスの時と同じくパズズも甲高い音を発する。

「ぷぽっぽ！」

いち早く何かに気付いたポポが何回転も前転しながら切り込んだ！

バシュ！　バシュ！　バシュ！

……ィィィィィィィィィィィィィン。

甲高い音は鳴りやみ、パズズだったものが崩れて白い粉となった。

ふぅ、最後の音は分からなかったが、ポポのおかげで助かったのかもしれないな。俺は立ち上がり、腕で額を拭った。

「ポポ、お疲れ」

俺は発光する妖精剣に照らされたポポを労う。

「ぷぽ！」

ウオン！　シュンッ。妖精剣が音を立てて刀身を消す。ポポは柄だけになった妖精剣を自分の脇の下に仕舞った。

「ぷっぽっぽ♪」

おい、もしかして自分のものにしたのか？

しかしポポは、俺の反応などお構いなしに白い粉の山を漁った。

「ぷぽ！」

ポポがドス黒い勾玉のようなものを両手に持って掲げる。
俺はそれを受け取り、大地の力を流した。その直後、透き通った紫色の勾玉が現れた。
紫色？　なんでこうもバラバラなんだ？
俺は疑問に思いながらも、霧夢の腕輪に紫色の勾玉――混沌神の破片を仕舞った。
「んしょ、と。今度は弓みたいです、コウヘイさん」
クーデリアがハンマーを担ぎ直してから白い粉の山を指差す。
そこにはクーデリアが言う通り、ドス黒い弓が転がっていたのだった。

名前：穢された聖弓
説明：■■■■■

これもか。俺は一息つくと瘴気を発する黒い弓を手に取り、大地の力を流す。
黒いものがポロポロと剥がれ落ちた後、ポワンッと弓が一瞬光る。

名前：聖弓
説明：勇者の弓。

神々しいオーラを出している弓の持ち手を握り込むと、こちらも反発するような感覚があった。

弓だったらアルカに合うんじゃないかと思ったけど、アルカは別に勇者じゃないよなぁ……

俺は聖弓も霧夢の腕輪にしまった。

「ぷぽぽ！」

そこまで済むと、ポポが跳ね始めた。

俺が地面に手をつき大地の力を注ぎ込むと、俺を中心としてボロボロの砦のようなものが修復されていった。

こんなもんかな？

辺りは新築みたいな石造りの部屋へと変わった。厚い壁が堅固に修復され、荒々しい石の表面が力強さを感じさせる。壁の松明が部屋を照らし出し、不気味な雰囲気はなくなっていた。

俺たちは心なしかキラキラと輝いて見える砦を後にした。


足元から大地の力を流しつつ、最後の反応がある場所へ歩き出す。

遠くに見えてきたのは城のようだ。

「砦の次は城か。なんだか意味深だな」

俺は遠くの城を見据えながら言う。

「うむ。かの聖女の何かを象徴しているのかもな」

ミーシャが顎に手を当てながら言うと、赤い髪が風に吹かれてサラリと流れた。

「先程のパズズを相手にした時は不覚を取ったからな。次はこういくまい」

ガーベラはピンクの髪をかき上げ、次の戦いに向けて気合を入れていた。

「ボクも頑張らなくちゃ」

クーデリアも水色の瞳を光らせながら、決意を新たにする。

それからしばらく歩くと、荒れ果てた城へとたどり着いた。

大きな隙間が開いているボロボロの城門から中へ進むと、石造りの城壁はひび割れ、枯れたつる草が生い茂り、煤《すす》のようなもので薄汚れていた。

城内には朽ち果てた塔や崩れ落ちた壁、歪んだ柱が散在し、荒れ果てている。

内部は闇に包まれ、風とともに響く物音が荒廃した通路に響く。

壊れた階段や破損した床板で危険になっている足場を、俺たちは音を立てながら進んだ。

装飾が破壊され、絵画は剥がれ落ち、そのかすかなかけらが床に散らばる長い廊下を渡ってたどり着いたのは、玉座がある広い空間だった。元は豪華だったと思われるその玉座には、何やら片ひじをついた人型の異形が座っている。

俺はノーナをアインの背からそっと下ろしながら、目の前の人型を鑑定した。

名前：ベリアル
説明：悪魔。

「みんな！　あいつは悪魔のベリアルだ！」

ベリアルの見た目は基本は人型だが、牛のような鼻と角、竜のような顔面と瞳を持ち合わせていた。背中には悪魔の翼が生えており、三叉の槍のようなものを手にしていた。黄色の鱗のような皮膚を鈍く輝かせながら立ち上がると、息を大きく吸い込んだ。

「皆！　アインの後ろへ！」

俺が叫ぶや否や、皆はザッとアインの後ろへ集まる。

次の瞬間、ベリアルの火炎のブレスが俺たちを襲う。

アインの構えた盾に阻まれて炎のブレスが何条にも別れて後方へと流れていった。

「あい！」

一瞬の閃光とともに、ノーナの雷魔術がベリアルを捉えた。

バチバチッ！　しかしベリアルの黄色い鱗に、ノーナの雷魔術は受け流されているように見受けられた。

「シンニュウシャ、コロス……ブシューーーーーーッ」

ベリアルは大きな鼻息の後、三叉の槍を構えた。

悪魔も喋れるのか!?

「むん」

ガーベラが大剣をベリアルに叩きつける。

それに対してベリアルは両手に構えた槍でガーベラの大剣を受けた。

「シッ」

隙を見てミーシャが空歩で近付き、ベリアルに斬りかかる。

連撃が決まったのを見て、俺は氷魔術でベリアルの足元を凍らせようとした。

「どすこい」

クーデリアがジェットハンマーをぶん回すが、ベリアルの槍にいなされる。

「グルゥアアアアアアアアッ！」

ベリアルが叫ぶとミーシャ、ガーベラ、クーデリアを足元の氷ごと黒い衝撃波で吹き飛ばした！

「くっ」

「むぅ」

「わわ」

怯んで後退するミーシャ、ガーベラ、クーデリア。

ダメージはそれ程ではないようだ。

「ゴルァアアアアアアアアッ！」

ベリアルはさらに叫びながら、体中から黒い蒸気のようなものを出した。

これは回復の予備動作か！　また厄介なタイプだ。

「あい！」

ノーナが多数の水刃を魔術で飛ばす。多少ベリアルにも効き目があったようだ。

「ブシューーーーーーッ」

ベリアルは怒った様子で鼻息荒くして、槍を振り回してきた。

アインがその槍を盾で受け止める。
スウ……ゴアァァァァァァァァァァァァァッ!!
ベリアルはアインを押さえつけたまま、俺たちに向かって炎のブレスを吐いてきた。
くっ！　間に合え！
俺は障壁を展開して皆を防御する。ギリギリだったが事なきを得た。
バサッ！　背の翼を広げてベリアルが宙舞い上がった。
「ブシューーーーーーッ」
ベリアルが再び鼻から息を出して、正面に槍を捧げ持つ。
なんだ!?
飛翔するベリアルの周りに、鈍く輝く魔法陣が三つ現れる。
くそっ！　召喚か！
魔法陣から三体の翼を生やした黒い影のような者が出てきた。

名前：シャドウデーモン
説明：影の力を使う悪魔。

「シャドウデーモンだ！」
「ゴルァアアアアアアアアッ！」

俺が叫ぶと同時に、ベリアルが吠えながら上空から突進してきた。

アインがそれを盾で受け止める。

浮いていたシャドウデーモンたちも、ベリアルに続いて俺たちに迫る。

「シッ」

「むん」

「そぉい」

ミーシャ、ガーベラ、クーデリアがそれぞれ構えた武器で攻撃を受け止める。

シャドウデーモンたちの勢いが止まったところに、ノーナが水魔術で数多の水刃を飛ばした。

「あい！」

シャドウデーモンたちに上手く命中している。

ノーナの奴、乱戦なのに上手く狙いをつけるじゃないか！　後でなでてやらねば。

ノーナを見るとアホ毛が勇ましくなびいていた。

「「「グゥッ」」」

ノーナの水魔術を受けて、シャドウデーモンたちが呻く。

「おりゃ！」

俺はアインと力比べをしているベリアルに向かって氷魔術を放った。

ベリアルの翼に狙いをつけ、見事に命中する。

「ぷぽっぽ！」

ベリアルが地面に着地したところで、ポポが俺の後頭部から飛び降りて、脇から妖精剣の柄を出しベリアルに向かっていった。

ブオンッ！　ポポが持つ妖精剣の柄から緑色に輝く刀身が伸びる！

ポポが宙を舞い、前転をしながらベリアルに斬りかかる。それをベリアルは両手に持つ槍で受け止めた。

「シッ」

ミーシャの連続斬りが決まり、シャドウデーモンの一体が白い粉に変わってサラサラと流れていった。

「ゲゲゲッ」

残り二体のうちの一体は、不気味な鳴き声を出すと、手からダークボールを放ってきた！

「むん！」

ガーベラが大剣で弾き返すと、ダークボールは霧散した。

ドパアアアアン！

返す刀でシャドウデーモンを切りつけ、吹き飛ばすガーベラ。敵は叩きつけられた壁際で白い粉へ化した。

「そいそいそい」

ジェットの噴射の勢いで何回転もしながら、コマのように回転して連続で攻撃するクーデリア。

彼女は、ダンっと力強く踏み込むと会心の一撃を見舞う。

「ギャース！」

シャドウデーモンは断末魔の叫びを上げながら白い粉へ変わっていった。

よし！　これで残るはベリアル一体だけだ！　また、仲間を呼ばれる前にさっさと倒してしまおう。その間も、ポポは宙を軽やかに舞いながらベリアルに斬りかかる。

ベリアルはうるさい小蝿でも払うかのように槍を振り回していた。

「おおおおおおおおおおおおおおおおおおおおおおおおおおっ」

ガーベラが竜化する。ここで決めるつもりか！

俺は地面に跪き、大地の力で重力操作に入った。

相変わらず胃が捻れるような感覚には慣れないが、今はこれしかない。俺は思いっきり力を注ぐ。

「ブモォッ!?」

ズンッとベリアルが膝をつく。

「離れるのだっ！」

ガーベラが叫ぶとアインとポポがザッと後方に引いた。

脇に大剣を突き立てたガーベラは、祈りを捧げるように体の正面で両手を握り込むと、前に突き出した。

「ドラゴニック・ロア！」

ガーベラの両手から強力な魔力砲が放たれる。

バチバチとガーベラの体全体から火花が立ち上り、閃光が辺りを埋め尽くす。

ズドオオオン！

衝撃音が響き渡った。

今の攻撃は完全に膝をついたベリアルに直撃していた。

「やったか!?」

俺は跪《ひざまず》きながら、煙が立ち込める着弾地点を凝視する。

シュウゥウゥウ。

煙が晴れると、胸に大穴を空けて跪くベリアルの姿があらわになった。

キィイイイイイイイイイイイイイイイイイイイイン！

だが、同時にうずくまるベリアルの体から耳障りな甲高い音が鳴り響く……これは！

「む！　いかん！」

ミーシャが警告の声を上げた。

「ぷぽっぽ！」

一番近くにいたポポが妖精剣を構えて飛び上がり、何回も剣を振るった。

……イイイイイイイイイイイイイン……

ポポに五体をバラバラにされたベリアルはようやく沈黙し、白い粉へと変わっていくのだった。

「ぷぽー」

ふぃーっと腕で額の辺りを拭きながらポポが息をつく。

妖精剣が音を立てて刀身が消えた。ポポは妖精剣の柄をまた脇の下に仕舞うと、ポンポンと手を払った。

「何とかなったな」

俺も立ち上がり、一息つく。

「ぷぽっぽ」

ポポがさっそく白い粉の山を漁っている。皆も各自、装備の確認をすると自然と粉の周りに集まった。

「む、今度は槍か？」

ミーシャが白い粉の山の一角を見ながら言う。

どれどれ？

俺が首を伸ばしてのぞくと、そこにはドス黒くて細長い棒状のものがあった。

名前：穢された聖槍
説明：■■■■■

うん、ミーシャの言うように槍のようだ。

俺は瘴気を発する黒い槍を手に取ると大地の力を流した。

黒いものがポロポロと剥がれ落ち、蒸気のようにかき消えていく。ポワンッと槍が一瞬光る。

名前：聖槍
説明：勇者の槍。

俺はキラキラと神々しいオーラを放つようになった槍を眺める。柄を握る手には何やら反発する力を感じる。やはり、勇者系の武器はどれも使い手を選ぶようだ。

俺は聖槍を霧夢の腕輪に仕舞った。

「ぷぽ！」

ポポが粉の山の中から黒い勾玉のようなものを探し出してきた。

今までと同じように大地の力を流すと、今度は透き通った黄色だった。

さっさと霧夢の腕輪へ仕舞うと、ポポが俺の目の前で跳ね始めた。

「ぷぽぽ！」

はいよ。俺は地面に手をつき、玉座の間に大地の力を流し込んだ。

俺を中心に場内が修復されていく。

玉座の間は華麗なる建築美に彩られ、大理石で装飾された壁面には、精緻な彫刻が施されていた。

広大な空間には、一段高くなった台座の上に置かれた玉座がそびえ立ち、それを取り囲むように、宝石で飾られた柱が美しく配置されている。

玉座は純白の大理石で作られ、その細部には芸術的な彫刻が施されていた。

壮大な玉座の背後には、宝石で飾られた天蓋があり、光が当たるとまるで星のような輝きを放っている。ところどころ薄汚れていた城は、すっかり白亜の城とでも言うべき姿に変わるのだった。

「さて、戻るとするか」

俺が声をかけると皆も続いて歩き出す。

光り輝く城を後にした俺たちは、最初に降り立った場所へ向かった。荒野だった土地は今や草木に覆われ、緑豊かな大地と化している。

太陽の光を反射して青々と輝く草木。むせ返るような植物の香りを感じながら俺たちは歩みを進める。だが、そんな俺たちが進む前方の遠くに塔のようなものが見えた。

なんだ？　俺たちがこの夢の世界に来た時はあんなものなかったぞ？

気にせず最初に降り立った場所にたどり着くと、なぜかそこは薄汚れた塔の真下だった。

こんなもの無かったはずだが、さすがは夢の世界ってことか？

第十七話　狂星乱舞

「ここも攻略しないと帰れないってことかな？」

俺は空に伸びる塔を見上げながら、皆に尋ねる。

「ふむ。ミーシャにはよく分からないが、そうかもしれないな」

ミーシャが困り顔で答える。

「婿殿、さっさとこの塔も解決して元の世界に帰ろう」

ガーベラは辟易しているようだった。

「ボクも連戦で少し疲れました」

少し呼吸を荒くしながらクーデリアも答えた。

「ぷぽ？」

ポポは俺の後頭部にしがみつき、クリクリの目でキョトンとしている。

塔の石壁は陰鬱な雰囲気を放ち、その重厚な存在感が近付く者を圧倒する。この近くに塔以外のものはなく、ただ影が広がるだけで、どこか不気味で不穏な雰囲気が漂っている。

風が吹く度に、塔の壁面からかすかな音が漏れ聞こえるような気配もあるのが、より恐ろしい。

不気味な存在感を出す塔は、秘密や謎を抱えているかのようだ。

俺たちはボロボロの入り口を通り抜け、塔の中へ皆で入る。

薄汚れた床からにじむように影のモンスターたちが現れるた。

「シッ」

「むん」

「せいや」

ミーシャ、ガーベラ、クーデリアが各々武器を振るい、影のモンスターを蹴散らす。

ゴブリンの影のようなモンスターたちは致命傷を負い、白い粉へと変わっていった。

「この塔の中は外と違って影のモンスターが出てくるな」

俺はキョロキョロと辺りを見回しながら呟く。

「うむ。倒しても何も残さないのがミーシャは嫌だな」

ミーシャが少し不満そうに言った。

「婿殿、ここの塔の上には何が待ち受けているやら……」

「夢の中と言ってもなんだかあまり現実と変わらなかったですね、コウヘイさん」

ガーベラとクーデリアも若干集中が切れているようだった。俺たちはややげんなりしながら足を進める。途中に現れる黒い影のモンスターを白い粉に変えながら塔を登っていった。

螺旋階段を登りながら窓のようなものを覗くと、見渡す限り緑の大地が見える。当初、この夢の世界に降り立った時とは雲泥の差だ。果たしてこの緑地化が、眠り続けているニヴァリスという少女にどう影響を及ぼすかは分からない。良い影響が出ていてほしいものだが。

程なくして最上階にたどり着く。そこでは瘴気を撒き散らす二人の人影が、こちらに背を向け何やら台座の前で作業をしているようだった。

「どういうことだ!?　結界が崩れてしまったではないか！」

ダンッ！　拳をつく音が塔の最上階に響き渡る。

この憤っている男は見覚えがある。竜王国で会ったサオルとかいう奴だ。

「ヒヒヒっ、失敗……ざますかねぇ」

黒いローブのようなものをまとい、陰鬱そうに答える枯れ木のようなもう一人の男。

こいつも見たことがある。神樹の森のダンジョンで遭遇した男だ。

「む？　何だ？　お前たちは」

サオルが長い金髪を振り乱しながら振り返った。

「む。いつぞやの……」

「あの時は随分と世話になったな……」

ミーシャが眉をひそめ、ガーベラがこめかみに青筋を立てる。

案の定、この眠り姫の件も邪神絡みだったか。

あんな小さな女の子にまで手を伸ばすなんて、何を考えているんだ？　こいつらは。

「ヒヒヒッ……これはこれは、ざます」

黒いローブの男は振り返ると、皺だらけの両手を広げた。

前はよく確認できなかったが、首上のフードの中に面長のドクロのような仮面が見える。

「クソッ！　次代の聖女の世界を元に戻しているのは貴様らだな!?」

サオルは眉間にシワを寄せながら文句を言ってきた。

「お前らがニヴァリスの目が覚めない原因か！」

アインからそっとノーナを下ろしながら、俺も負けじと言い返す。

「ヒヒヒッ、輝かしきサオルよ。この場は任せましたよぉ？」

黒いローブの男はそう告げると、横に黒い渦のようなものを発生させた。

「その名で呼ぶな！　ザマース！　俺はただのサオルだ！」

サオルが青筋を立てながら黒いローブの男に叫ぶ。

アイツがザマースだったか！

「ヒヒヒッ、そうですかぁ……では、またぁ」

ザマースはそう言って黒い渦の中へと消えていった。渦も小さくなっていき、その場からすぐにいなくなってしまう。

「貴様ら……どうしてくれようか？」

サオルがゆっくりと俺たちの方に向き直りながら怒りの表情でこちらを見た。手の周りに瘴気が集まっていき、鈍い振動音を発生させる。

そのままスッと前にかざすと、漆黒の衝撃波が俺たちに襲いかかった。

アインが前に躍り出ると、衝撃波はアインの盾に阻まれる。

「あい！」

一瞬の閃光とともにノーナが雷魔術を放った。

しかしサオルの表面に漂う黒い瘴気が電撃を受け流す。

「シッ」

ミーシャが空歩で躍り出て、サオルに連撃を浴びせる！

だが、サオルは手のひらにまとわせた黒い瘴気でミーシャの攻撃を受け流しながら後退した。

「フン。目障りな」

サオルは鼻を鳴らすと、両手を上げた。

なんだ？　降参か？

「ぬ！　婿殿！　まずいぞ！」

ガーベラが見たことない焦りようで警告する。

最上階の天井いっぱいに、巨大な魔法陣が形成された。雲行きが怪しいぞ？

盾を上空に向けて掲げるアインの周りに皆が集まる。俺も障壁を構成して守りを固めた。

「ケイオス・ブレイジング」

ぼそりとサオルが呟くと、天井に広がった魔法陣が鈍く光る。

魔法陣から無数の瘴気の流星群が放たれた。怪しく光りながら降り注いだ物体により、半球状に作った俺の障壁は破壊され、次々と流星が貫通していく。順次床に着弾し、破裂音とともに周囲に無数の細かな破片をまき散らす。

まるで打ち上げ花火を間近で浴びたような有様だ。

いつまでも続くような攻撃かと思ったそれがやんだ時、俺たちは床に倒れ伏していた。

俺の溶岩竜魚の鱗鎧がぷすぷすと煙をあげている。

俺がなんとか立ち上がると、皆もヨロヨロと起き上がってきた。たった一撃で甚大な被害だ。

「コウヘイ、竜王国ではこれで銀級の冒険者たちがやられてしまったのだ……」

身を震わせながらミーシャが俺に教えてくれる。

「フフン。耐えたか」

サオルが小馬鹿にしたような面持ちで笑う。

「お前らは何故こんなことをしている⁉」

俺はかねてより疑問に思っていたことをサオルにぶつける。

「フン、そんな簡単なことも貴様らは分からんのか⁉　混沌の世になれば力こそが正義！　力を以て支配する世を作り出すためだ」

サオルは侮蔑《ぶべつ》の表情を俺たちに向けて言い放った。

「力を振りまくだけでは獣と変わらないじゃないか！　何も生み出さない！」

俺はサオルの言葉に怒りを覚え、言い返した。

「所詮クズはいくら集めてもクズということだな」

サオルは顔を歪めると、また両手を上空に向けて上げた。

またさっきの技か⁉　いや、今度はヤツの手が怪しく光っている！　違う攻撃か？

天井からバチバチと音がなると同時にサオルがボソリと呟く。

「ケイオス・ショッカー」

黒い極太の雷霆《らいてい》が連続で降り注ぐ！

俺たちは天井付近の予兆を見て、ゴロゴロと転がりながら回避に努めた。

塔の最上階に次々と轟音が鳴り響く！

災厄の到来を告げるかのようであり、その音が空間全体を震え上がらせる。

ボロボロになった空間に焦げた匂いと煙が充満する。

目の前には一瞬にしてボロボロになった俺の仲間がいた。まるで地獄絵図だ。

クッソ！　手も足も出ねえじゃねえか！

サオルの畳みかける攻撃に俺たちは翻弄されるがままだ。

「世界を変えようだなんてただの傲慢じゃないか！」

今までの憤りがすべて爆発し、俺は感情のまま叫んだ。

「衆愚《しゅうぐ》の如きは論ずるに足らず」

サオルが余裕の表情で俺たちを見下す。

体の横で両の手のひらを上に向け、そこに瘴気を集めていた。瘴気は手のひらに集まると、黒い渦が巻き起こりアーチ状の形を形成していった。

それは深淵から生まれたかのような圧倒的な力を示唆していた。

ゴォォォォォォォォォォォォォッ！

アレはマズイ！　直感的にそう思った俺は、アインの背後に退避する。

皆も傷だらけなのになんとかアインの後ろへ集まった。

「消し去ってくれる！」

サオルの紫の瞳が怪しく光る！

両の手のひらを頭上で拝むように合わせると、巨大な剣が出現した！　天井を勢いよく突き破る！　ガーベラの大剣よりはるかにデカいぞ！

「ケイオス・セイバーッ！」

サオルのかけ声とともに超巨大な漆黒の剣が振り下ろされる！

辺りは闇色に染まり、耳をつんざくような轟音と地を揺らす振動に襲われる！

アインの持つ盾が悲鳴を上げた。

盾は保つのか⁉

……闇の閃光が晴れると、背後の壁が一部を残して跡形もなく吹き飛んでいた！　天井も真っ二つに割られている！　なんて威力だ。

アインに目を移すと、四肢の削れた姿が目に入った。辛うじて立っている。俺は慌ててアインに触れて大地の力を流した。

「っおおおおおおおお！」

ガーベラが竜化しようとしている。ここで勝負をかけるのか？

ガーベラの瞳孔が爬虫類のように縦に開き、手足が鱗に覆われていく。

背からは羽が生え、牙も伸びる。

バキンと音を立ててドラゴンキラーが二つに分かれた！　真ん中には魔力で構成された巨大な刀身が伸びている！

「うおおお！　屈辱《くつじょく》を晴らす！　覚悟！」

サオルに向けてガーベラが跳躍する！

バチバチと音を立てながら巨大な刀身が振り下ろされた！

「むっ」

サオルは両手に黒い瘴気を纏わせ、障壁を張る。

猛烈な振動音と衝撃で床が波打った！　辺りに粉塵《ふんじん》が立ち込める。

「ぬう……」

煙が晴れると、腕を交差したサオルの姿が顕になった。

ゆったりとした衣はボロボロになっているが、体にはそれ程ダメージがなさそうだ。

「ふしゃーーーーーーーーーーーっ！」

続いてミーシャが叫ぶ！　獣化だ。手足が毛に覆われていき、瞳孔が猫のように開く。

「シッ！」

ズダンッ！　半ば獣のような外観をしたミーシャが、残像を残しながら前方に跳んだ！

魔力で強化された短剣の攻撃がサオルに決まる！

「ぐっ」

サオルがうめき声を上げる。見ればお互いにボロボロだ。

「みんな手持ちの札で頑張ってるんだ！　それを壊すことは許されない！」

俺の拳を握りしめる手には力が籠り、血液が猛烈な速さで体を巡る。

「膨れ上がった狂気の中にこそ真理があるのだ！　違うか！　違うか！　違うか！」

サオルはカッと目を開くと、左腕に瘴気をまとわせた。

ドクンドクンと怪しく脈打ちながら腕がメキメキと肥大し変形していく……

「ぬぅんっ！」

メキメキと音を立てて砲身のようなものを伸ばすサオルの左腕。

俺たちは盾を構えるアインの後ろに集まった。

「ケイオス・バスター！」

黒い光線が放射状に広がり、砲身となった左腕が回転し始めた。

その黒い光線は死をもたらすかのような色彩を放ち、周囲のものを巻き込んで破壊していく。建物や景色は黒い光の渦に呑まれていた。

ガラガラと崩れていく最上階。床は天井や壁の破片で埋め尽くされる。

とうとう耐えきれずに天井が落ちてきた！　俺は障壁を張り、なんとか身を守る。

もうもうと辺り一面に煙が充満する中、サオルの影が怪しく光った！　変貌した左腕に力をためているようだ。

まだ終わっていない!?

ズドオオオオオオオオオン!!

轟音とともに極太の閃光が放たれた！

その閃光は圧倒的な漆黒の色で、絶望をすべて注ぎ込んだかのようだった。

アインの盾が軋む。俺はあまりの衝撃音に耳鳴りを覚えた。

閃光がやむと、辺り一面の瓦礫は吹き飛び、四方は空が見えるようになっていた。

遮るものがない空間に風が吹き込んでくる。俺はボロボロになったアインに、すかさず大地の力を流しながら唇を噛んだ。

勝ち筋が見えない！　サオルは多数を相手取った戦いが得意なのか、なかなか近付かせてくれないし技が豊富だ。事あるごとにアインがボロボロになっていく。

「こんなことはもうやめるんだ！」

俺は顔をしかめながら悠然と佇むサオルを睨みつけた。

サオルの左腕がシュウシュウと黒い蒸気を出しながら元に戻っていく。

「しぶといな」

腰にのみ布が残っているサオルが鬱陶《うっとう》しそうに俺たちを一瞥する。

「なぜ手を取り合えない⁉　未来は誰にでも差し伸べられていいものだろ！」

激しい怒りが俺の心の中で燃え上がっていた。

「滑稽だな。思い上がるな！　選ばれし者が統べるのだ！　俺が天に立つ！」

サオルはおもむろに両手を胸の前で祈るように組んだ。

「むん！」

サオルが気合を入れると、空が急速に暗雲に覆われていく。

影が空を支配し始め、その暗闇がじわじわと広がり始める。徐々に広がる暗闇は未知の恐怖が近付いているような感覚を与え、静寂と緊張感が辺りに広がっていく。

「ケイオス・ゴナー」

ぼそりとサオルが呟く。

最上階に広がる闇の中、四方八方から菱形のようなシルエットを持つ瘴気が集まってくる！　その瘴気の塊は、まるで異次元の存在がこの空間を支配しているような恐怖を感じさせた。

俺は慌てて皆の周りに障壁を何重にも重ねた。これで防げるか？　バシュバシュと音を立てて瘴気と相殺していく俺の障壁。俺は何回も障壁を張り直した。

真上からひときわ大きな瘴気の塊が降ってくる！　その塊は暗黒の力が凝縮されたかのような存在感だった。

アインが盾を上空に向けて構えた。

瘴気の塊が俺たちに接触すると、弾けて闇色の閃光を放つ。

目に映るすべては真っ黒な闇に呑み込まれ、その闇が目に焼き付くような感覚が広がる！

……閃光が収まると、俺たちは全員倒れ伏していた。

第十八話　聖女の目覚め

俺はなんとか起き上がろうとするが、体が痺《しび》れて言うことを聞かない。

辛うじて顔だけ動かしてサオルの方を窺ってみると、ヤツも膝をついている！　自身の体力を消耗する大技のようだ。

なら、今こそやるべき時だろ！　ヤツがどんな強敵だとしても、勝とうとしなきゃ、勝てない！

俺は気力を振り絞って大地の力を流す。今のうちにサオルを重力で封じるのだ。

「ぬうっ!?」

高重力に襲われたサオルが困惑の声を上げた。

相手の拘束にようやく成功したようだ。

ヨロヨロと皆が起き上がる。

クッ。誰か！　俺が抑えている今のうちに、サオルを倒してくれ。

「みんな……やれるか……？」

床に伏せながら大地の力で重力の檻を展開する俺は震える声で言った。

「うむ……待つだけでは何も変わらぬ……自ら道は切り拓くものだ！」

ミーシャが碧の瞳を輝かせ、決意を固める。

「……婿殿……やれるかやれないかではない……やるのだ！」

ガーベラがサオルの姿を見据えて言った。

「……ボクたちは独りじゃない……ボクにしかできないことをやるんだ！」

クーデリアがジェットハンマーの柄を力強く握る。

まず、ガーベラが大剣を杖にして立ち上がると、ドラゴンキラーを展開させた。ミーシャも両手の短剣を構え、魔力をまとわせていく。クーデリアはジェットハンマーを支えに立ち上がった。アインは削れた四肢を軋ませながらその場に立つ。ノーナは衝撃が大きすぎて身を起こすことができずにいる。ポポはルンに跨り、妖精剣の刀身を発生させていた。

皆で一斉攻撃を仕掛けるべく、重力にとらわれるサオルに襲いかかる。

「そい」

クーデリアのジェットハンマーが膝をつくサオルの肩口へ向かう！

「グウッ」

サオルが高重力の中、身じろぎをして手のひらでハンマーを受け止めた。

だがそこで、倒れているはずのノーナが声を上げた。

「あい！」

そして手が金色に輝いたかと思ったら、サオルの足元から植物のツタが生えて四肢に巻き付き縛り上げる。植物の魔術か⁉　いつの間にあんな力を！

「……あう……のーな……いっぱいれんしゅうしますた……」

小さな声でノーナがそうこぼす。

「このようなものに私がっ！」

サオルが鬱陶しそうにツタを睨んでいる。

だが、そこに　轟音とともにアインの右ストレートがサオルの顔面に入る！

「舐めるなぁっ！」

サオルは長い金髪を振り乱しながら叫ぶ。

「ぷぽっぽ！」

ルンに跨ったポポの妖精剣が、振動音とともにサオルの体の中心に刺さった。

「こんなことは許されんっ！」

胸を貫かれたサオルが妖精剣の刀身を掴むとジュウジュウと音を立てる。

「つおおおおおおおおおおおおおおおおおおおおおお！」

ガーベラの上空からのダイブの一撃がサオルを肩口から袈裟斬りにする。

「ぐふっ！　俺が負けてもまだ終わらんぞっ！　狂気は人の中からこそ生まれてくる！」

血走った目で吐血しながらサオルが叫ぶ。

「シッ」

そこに　ミーシャが空歩で回り込み、後ろから魔力のこもった短剣でサオルの首を切り落とした！　ドッとサオルの体が床に倒れ伏すと、白い粉へと変化していく。

「力だけじゃ結局なんも残らねえだろうが……」

俺は風に吹かれて流れていく白い山を見ながら呟いた。

妖精剣をしまったポポはルンから降りると中心の台座へと向かい、よじ登る。

「ぷぽ！」

ポポが喜々としてドス黒い石のようなものを頭上に掲げていた。

名前：邪神の欠片
説明：■■■■■

ポポがポテポテと俺の方に歩いてきて、邪神の欠片を手渡してくる。

「ぷぽっぽ」

はいはい。コレを浄化すれば良いんだな？

俺はヨロヨロと起き上がり、ポーションを呷《あお》りながら、受け取ったドス黒い邪神の欠片に大地の力を流す。邪神の欠片から黒いものがポロポロと落ち、やがて綺麗な緑色の石に変化した。

名前：混沌神の欠片
説明：混沌神の体の一部。

これで一件落着か？　遮るものがなくなった最上階を見渡してから、満身創痍《まんしんそうい》のアインにも大地の力を流す。みるみるうちにアインの姿が修復されて淡く光る。

「ぷぽぷぽ！」

中央の台座の根本をポポがタシタシと叩いた。

おっと、この塔の浄化がまだだったか。

皆に回復用ポーションを渡してから、俺は中央の台座に手をつき大地の力を流し込む。

煤で汚れていたような塔の床は黒い蒸気を吐き出した。

内部に豪華な装飾が施された、綺麗な塔の姿へ巻き戻っていく。

キラキラと輝くような塔内を見ていると、俺たちの目の前に薄ピンク色の霧がたち込める。

『キミたち、そろそろ戻ってきなさ〜い。聖女ちゃんが目覚めるわ。お姉ちゃんもそろそろ眠い……』

霧が細長い長方形を作ると、辺りにエウリフィアの声が響いた。

「これ、もう向こうと繋がっているのか？」

俺は不安定に揺れるゲートのようなものを指差し、皆に尋ねる。

「どうだろう？　向こうの声が聞こえたなら繋がっているのではないか？」

ミーシャが腰に手を当てて首を傾げながら答えると、赤い髪がサラリと流れた。

ふむ。ならさっそく、戻るとするか。

俺たちは一人ずつ薄ピンク色のゆらゆらと揺れるゲートを潜った。

「おかえり～」

皆で聖堂の一室に戻ると、エウリフィアは長椅子に寝そべりながらフルーツの盛り合わせを食べていた。

「モグモグ……ング、どうだった～？」

だらしない格好で、寝仏のように寝転がるエウリフィアが尋ねてくる。

「どうもこうも、また邪神の手先がいたぞ……」

俺は頭をかきつつ、ため息をこらえながらエウリフィアに答える。

「ええ～？　アイツらも暇ねぇ」

エウリフィアは怠そうに身を起こしながら呆れたように言った。

「フィア、こっちは変わりなかったか？」

俺は気を取り直して、ベッドに横たわるニヴァリスに目を向けながら言う。

「ここ三日は特に変わりなしよ～。そう言えば、二日目からシスターちゃんが顔を出さないけどねぇ」

ん？　今エウリフィアからとんでもない言葉が聞こえたような。

「三日だって⁉」

「うん。それが何か？」

まさか、俺たちがニヴァリスの夢の中にいる間に三日経過していたのか！

「うう……」

寝台に寝かせられているニヴァリスが身じろぎをした。どうやら眠り姫が長い眠りからお目覚めのようだ。

「じゃあお姉ちゃんはガイちゃんに報告してくる～」

ぐっと伸びをすると部屋を出ていくエウリフィア。

俺も今のうちに荷物を整理するか。勇者の武器とか持っていてもしょうがないしな。教会で預かってもらおうっと。

俺がいそいそと勇者の武器を霧夢の腕輪から出していると、ニヴァリスが身を起こした。

「う……ここは……勇士様方？……」

ニヴァリスは頭に手を当てながら上体を起こすと、俺たちの方へ視線を向けた。

「うむ。ニヴァリスと言ったか？　ミーシャと言う。よろしく頼む」

「我はガーベラだ」

「ボクはクーデリアだよ。クーって呼んでね」

「あい！　の一なでつ！」

皆がそれぞれニヴァリスに自己紹介をした。

ノーナは顔が見えないので、手を上げながらぴょんと跳ねている。

「俺は耕平。ゴーレムのアインに、スライムのルン。モーギズのポポだ」

俺は霧夢の腕輪の整理をガチャガチャしながら名乗った。

そこへ神父らしき老人が杖をつきながら部屋に入ってくる。

「おお！　皆様方お戻りで。ニヴァリスも大事ないか？」

「だから言ったでしょ～、ガイちゃん」

えっへん！　と胸を張るエウリフィア。

「あぁ。本当に解決してくれるとは。して、ここに並べられている武具は何でしょうな？」

ガイちゃんと呼ばれているおじいちゃんが俺たちに尋ねてくる。

「これはニヴァリスの夢の中で、出くわした悪魔が持っていた勇者の武具です」

俺が代表して答える。

ガイちゃんと呼ばれる神父のおじいちゃんは、キラキラと輝く勇者の武具を見やった。

「これは……伝説の……失われたと言われていますが、まさかこの目で見ることができるとは……」

ふるふると震えながら感極まった様子の神父のおじいちゃん。

「あと、この月の紋章というものもあります。何に使うのかは分かりませんが……」

俺は何かのパーツの一部のような月の紋章を、ガイちゃんと呼ばれる神父に差し出した。

「む？　月の紋章ですと？　これは他の紋章を集めると精霊王への道が開けると聞きます」

そうなのか。じゃあ、俺たちには必要ないアイテムだな。勇者の武具と一緒に渡してしまおう。

俺たちは諸々の勇者の武具と月の紋章一式を、ガイちゃんと呼ばれる神父のおじいちゃんに託すことに決めた。ニヴァリスも病み上がりだから、長居は無用だろう。早いところ退散するか。

「フィア。これで俺たちの用は済んだな？　そろそろお暇しようと思うんだが」

俺は腰に手を当てながらエウリフィアに声をかけた。

「そうね～。ガイちゃん、お礼はまたの時にね～」

しばらく逡巡した後、神父のおじいちゃんに手を振るエウリフィア。

「天龍様。この度は誠にありがとうございました」

神父のおじいちゃんは深々とお辞儀をした。

「勇士様方、うっすらと覚えております。私を夢の中から救ってくださってありがとう存じます」

ニヴァリスはベッドの上で上体を起こしたまま両手を祈るように組み、俺たちに向けて礼を告げた。

深々と頭を下げる神父のおじいちゃんとニヴァリスに見送られながら、俺たちは王都の聖堂を後にするのだった。

王都からしばらく歩いた郊外で天龍状態のエウリフィアの背に皆で乗り込み、森の拠点へと戻る。

あっという間に森の我が家に到着すると、俺たちを降ろしたエウリフィアが人型の姿に戻った。

「ふぃ〜、一仕事終わったらお風呂よね〜。お姉ちゃんはお風呂に行きます！」

そうエウリフィアが宣言すると、パタパタと自分の部屋へ向かう。

お風呂セットを取りに行ったのだろう。

「うむ。連戦の疲れを癒やしに行くか」

ミーシャが一つ頷くと、赤毛の尻尾を揺らしながらお風呂セットを取りに行った。

「あい、のーなもはいるます！」

テテテッとミーシャについて行くノーナ。緑色のアホ毛もひょこりとなびく。

「我も同行するぞ」

オレンジの瞳をキラリと光らせると、ガーベラも装備を緩めながら自分の部屋へ向かう。

「ボクも疲れたから入ろーっと。温泉、温泉と」

水色の髪を揺らし、クーデリアがぼやきながら続く。力が抜けてヘニョヘニョになっている。

俺はルンを頭に乗せたまま自分の部屋へ向かった。鎧を外し、一息つくとリビングに向かう。

リビングにはティファがいた。ヴェルとアウラの面倒を見ていてくれていたようだ。

「マスター。ご無事で何よりです」

俺に漆黒の瞳を向けてくるメイド服のティファ。

「クルルゥ」

「キュアッ」

ヴェルとアウラもつぶらな瞳で俺を出迎えてくれた。

「ああ、ただいま。こっちは変わりなかったか？」

俺はリビングの中を見回しながら言った。

三人娘は釣りにでも出かけているのだろうか。

「はい、マスター。そちらはいかがでしたか？」

ティファがニコッと微笑む。

おっ？　珍しいな。ティファはあまり表情が動かないからな。

「眠り姫の夢の中は随分と骨が折れたぞ。ボスも手強いのが七体もいてな。何であんなに多かったんだか」

俺は手で顎をさすりながら、かの夢の世界を思い返し感想を述べる。

「マスター？　ご存知ないのですか？　七という数字は神の数字です。大規模な儀式を執り行う場合に七つの要素を入れる必要があります。だからそれになぞらえたのかしれませんね。おおかた邪神の力を借りようとしたのでしょう」

ティファの説明を聞いて、俺は目を丸くした。

神の数字だって？　初耳だぞ!?　この世界では常識なんだろうか？

「そうなのか？　さっぱり知らなかったな……」

俺は感心しながらティファの話を聞いた。

「はい、マスター。四が獣の数字、五が人を表します」

「へぇ、そうなのか……じゃぁ六は何だ？」

「悪魔ですよ、マスター」

悪魔かぁ。夢の世界で相対したな。二度と御免だけど。

また一つ、この世界の常識に詳しくなった俺は、ティファと一緒に拠点の裏に回った。途中でルンがパトロールのためか、別行動で森へ跳ねていった。

元いた世界の地蔵尊と、ロキ神の像が設置してある建屋の前で、俺は霧夢の腕輪を操作した。夢の世界で手に入れた混沌神の欠片や破片を奉納するのだ。

お供物を置く台の上に様々な色の石を置いた。

キラリと日の光を反射する石を、ティファが慈愛に満ちた表情で見つめていた。

俺はそれを横目で見つつ、パンパンと二礼二拍手一礼をする。

ロキ神の像に参拝すると像が一瞬ポワンッと光り、お供物の代の上の石がフッと消える。俺は続けて隣の地蔵尊の前に立つ。同じように淡く光る地蔵尊に祈りを捧げながら、目をつぶって今日までのことを振り返った。

お地蔵様からいただいた大地の力が、俺を数々の窮地から救ってくれた。

着の身着のまま、この世界に放り出された俺がなんとかやってこれたのもこの力のおかげだ。それに人助けもできた。エルフの奇病やドワーフの炉の復興に続き、竜王国の問題も解決できた。夢の世界では現実世界とは違う体験もできた。植物が一斉に芽吹く姿を見られたの圧巻の一言だ。

仲間も増えた。こぢんまりとした小屋も、今ではちょっとした屋敷のようだ。心細かった当初に比べて、にぎやかな毎日を送っている。

邪神教の連中とは何度もかち合ったな。色んな所で悪さをする迷惑な奴らだ。

ザマースとかいう得体の知れない人物には逃げられてしまったが、また何かを仕掛けてくるなら次も打ち破ってやる。結局のところアイツらが何を目的としているのかは分からずじまいだけど。

色んな国を渡ったけど、知らないこともたくさんある。いつかゆっくりとでいいから各地を回りたいものだ。まだ見ぬ出会いに思いを馳せながら、俺はつぶっていた目を開けた。

豊かな緑をたたえる森が、俺たちの家を包み込むように広がっている。

新鮮な空気を胸いっぱいに吸い込んでから、俺はティファを連れて家へと向かった。

今晩の献立《こんだて》を考えながら歩くと、最初の頃からすっかり様変わりした俺の家が出迎える。

すべてはここから始まったんだよな。

俺は感慨深い気持ちになりながら、活気に満ちた家の扉を開くのだった。

この作品に対する皆様のご意見・ご感想をお待ちしております。
おハガキ・お手紙は以下の宛先にお送りください。

【宛先】
〒150-6019 東京都渋谷区恵比寿4-20-3 恵比寿ガーデンプレイスタワー 19F
（株）アルファポリス　書籍感想係

メールフォームでのご意見・ご感想は右のＱＲコードから、
あるいは以下のワードで検索をかけてください。

アルファポリス　書籍の感想　検索

ご感想はこちらから

本書はWebサイト「アルファポリス」（https://www.alphapolis.co.jp/）に投稿されたものを、改題・改稿のうえ、書籍化したものです。

異世界《いせかい》に射出《しゃしゅつ》された俺《おれ》、『大地《だいち》の力《ちから》』で快適森暮《かいてきもりぐ》らし始《はじ》めます！３

らもえ

2024年　5月31日初版発行

編集－小島正寛・芦田尚
編集長－太田鉄平
発行者－梶本雄介
発行所－株式会社アルファポリス
〒150-6019 東京都渋谷区恵比寿4-20-3 恵比寿ガーデンプレイスタワー19F
TEL 03-6277-1601（営業）　03-6277-1602（編集）
URL https://www.alphapolis.co.jp/
発売元－株式会社星雲社（共同出版社・流通責任出版社）
〒112-0005 東京都文京区水道1-3-30
TEL 03-3868-3275
装丁・本文イラスト－コダケ
装丁デザイン－AFTERGLOW
印刷－図書印刷株式会社

価格はカバーに表示されてあります。
落丁乱丁の場合はアルファポリスまでご連絡ください。
送料は小社負担でお取り替えします。

ISBN 978-4-434-33919-6 C0093